BORIS VIAN

Werke

in Einzelausgaben

Herausgegeben von
Klaus Völker

VERNON SULLIVAN

Wir werden alle Fiesen killen

Et on tuera tous les affreux

Aus dem Amerikanischen von

BORIS VIAN

Deutsch von
Eugen Helmlé

Verlag Klaus Wagenbach Berlin

Inhalt

Es fängt ganz gemütlich an

Eins über den Schädel kriegen, ist nichts. Am gleichen Abend zweimal hintereinander mit Drogen vollgepumpt werden, ist so furchtbar auch nicht... Aber vor die Tür gehen, um Luft zu schnappen und sich dann mit einer Frau in einem fremden Zimmer wiederzufinden, beide wie Adam und Eva vor der Apfelgeschichte, das ist ein dicker Hund. Was ich dann hinterher erlebt habe...

Aber ich glaube, ich fange am besten gleich wieder mit dem Anfang des ersten Abends an. Ein Sommerabend, um das klarzustellen. Das genaue Datum spielt keine Rolle.

Nun, ich weiß nicht, warum ich an diesem Abend Lust hatte auszugehen. In der Regel ziehe ich es vor, früh zu Bett zu gehen und früh aufzustehen, aber an manchen Tagen verspürt man das Bedürfnis nach etwas Alkohol, nach etwas menschlicher Wärme, nach Gesellschaft. Wahrscheinlich bin ich ein sentimentaler Mensch. Wenn man mich so sieht, würde man das gar nicht für möglich halten, aber die Ausbeulungen, die meine Muskeln machen, sind der trügerische Schein, hinter dem ich mein kleines Aschenbrödelherz verberge. Ich mag meine Freunde. Ich mag meine Freundinnen. Es hat mir nie weder an den einen, noch an den andern gefehlt, und von Zeit zu Zeit danke ich innerlich meinen Eltern für das Äußere, das sie mir mitgegeben haben; es gibt andere, die Gott danken, ich weiß..., aber unter uns, ich finde, sie ziehen da Gott in Geschichten hinein, mit denen er in Wirklichkeit nichts zu tun hat. Wie dem auch sei, ich bin meiner Mutter nicht daneben geraten ... und meinem Vater auch nicht... denn genau besehen, hat auch er seinen Teil dazu beigetragen.

Ich hatte Lust auszugehen und ich bin ausgegangen. Es ist ein unleugbarer Vorteil, wenn man sich wohlhabende Eltern aussuchen kann. Ich bin ausgegangen; die ganze Bande erwartete mich im Zooty Slammer. Gary Kilian, der Reporter des *Call,* Clark Lacy, ein Kumpel von der Universität, der wie ich in der Nähe von Los Angeles lebte, und unsere üblichen Begleiterinnen; keine von diesen Mädchen, mit denen alle Macker herumziehen zu müssen glauben, sobald sie etwas Geld haben, keine von diesen talentlosen Sängerinnen, keine von diesen allzu erfahrenen Tänzerinnen. Ich mag das nicht ... nichts im Kopf, als sich ständig an einem zu reiben. Diese Mädchen nicht. Nein. Richtige Freundinnen ... weder Statistinnen auf der Suche nach einem Vertrag noch Naive, die schon ein bißchen ramponiert sind, sondern einfach nette, sympathische Mädchen. Es ist entsetzlich, was für eine Mühe ich habe, welche zu finden. Lacy treibt soviele auf, wie er nur will, und er kann zehn Abende hintereinander mit ihnen ausgehen, ohne daß sie versuchen, ihn zu küssen; ich wirke völlig anders auf sie, und es ist zum Auswachsen, wenn man einem hübschen Mädchen, das sich einem in die Arme stürzt, eine Abfuhr erteilen muß. Trotzdem möchte ich nicht Lacys Visage haben. Aber das ist eine andere Geschichte. Schließlich wußte ich, daß ich im Slammer Beryl Reeves und Mona Thaw treffen würde, und bei ihnen lief ich keine Gefahr... Um auf die andern zurückzukommen, sie sehen alle so aus, als stellten sie sich vor, die Liebe sei der Zweck des Lebens, vor allem, wenn man 90 Kilo wiegt und sechs Fuß zwei Zoll mißt ... Ich gebe ihnen immer zur Antwort, daß ich nur deshalb so in Form bin, weil ich mich eben schone. Und daß, wenn sie meine Tonnage an Netto-Fleisch mit sich herumzuschleppen hätten, sie das so müde machen würde, daß sie mich in Ruhe ließen ... auf jeden Fall, Beryl und Mona sind nicht so, und sie wissen, daß ein gesundes Leben all diesen nicht mehr ganz neuen Späßen, die auf dem Sofa eingeübt werden, vorzuziehen ist.

Ich bin ins Zooty Slammer reingegangen. Es ist eine sympathische Bar, die von Lem Hamilton, einem dicken, schwarzen Pianisten betrieben wird, der früher im Orchester von Lea-

therbird gespielt hat. Er kennt alle Musiker von der Küste, und Gott weiß, daß es in Kalifornien eine Menge gibt. Im Slammer kann man richtige Musik hören. Ich mag das, das entspannt... und da ich von Natur aus schon entspannt bin, ist das wahnsinnig erholsam. Gary erwartete mich, Lacy tanzte mit Beryl, und Mona fiel mir um den Hals...
»Guten Abend, Mona«, sagte ich. »Nichts Neues? Grüß dich, Gary.«
»Grüß dich«, sagte Kilian.
Er war tadellos gekleidet, wie immer. Ein hübscher, dunkelhaariger Junge mit bläulich schimmernder Haut. Seine hellrote Schleife sah aus wie gestärkt, so gerade stand sie. Was ich bei Gary mag, ist sein Geschmack in Kleiderfragen. Nun ja, er hat den gleichen Geschmack wie ich, das muß man schließlich verstehen.
Mona sah mich an.
»Rocky«, sagte sie zu mir, »es ist unanständig. Sie werden jeden Tag schöner.«
Bei ihr war das nicht peinlich. Ihr Ton war ... wie soll ich sagen? erträglich.
»Sie sind wunderbar, Rocky. Ihr blondes Haar ... Ihre orangenfarbene Haut ... mmm ... man möchte glatt hineinbeißen.«
Ich bin trotzdem rot geworden. Ich bin nun mal so. Gary machte sich über mich lustig.
»Du protestierst ja nicht einmal mehr, Rocky«, sagte er zu mir. »Früher wärst du weggegangen ...«
»Sie hat mir Beweise ihrer Intelligenz geliefert«, gab ich zur Antwort, »aber wenn sie so weitermacht, werde ich mit Sicherheit abzischen.«
Sie lachte, Gary ebenfalls. Ich auch. Es sind eben Kumpels. Trotzdem war es mir lieber, daß Lacy nicht da war... Ich mag es nicht, wenn mir die Mädchen Komplimente über mein Äußeres machen, noch dazu in Clark Lacys Gegenwart; er ist der beste Kerl von der Welt, aber wenn mir jemand sagen

würde, sein Vater sei eine Ratte und seine Mutter eine Kröte, so würde mich das nicht sonderlich wundern; so sieht er nämlich aus. Und das ist etwas hinderlich, um den Mädchen den Hof zu machen.
Mona hat wieder die gleiche Platte aufgelegt.
»Rocky, wann wollen Sie sich endlich dazu entschließen, mir zu gestehen, daß Sie mich lieben?«
»Nie, Mona... Ich will nicht Tausende unglücklich machen.«
Sie hatte sicherlich etwas getrunken, denn sie war nicht oft so hartnäckig. Zum Glück sind Clark und Beryl zurückgekommen und wir haben das Thema gewechselt. Hamilton, der Besitzer des Nachtclubs, hatte sich gerade ans Klavier gesetzt. Wie alle diese Dicken hat er einen Anschlag von außerordentlicher Leichtigkeit, und ich lachte vor Freude, als ich ihm zuhörte. Gary begann mit Beryl zu tanzen, und ich wollte gerade Mona auffordern, als Lacy sich ihrer bemächtigte. Ich hätte jedes x-beliebige Mädchen genommen; wenn Hamilton zu spielen anfängt, so wirkt das wie eine elektrische Entladung. Ich schaute mich so ziemlich überall um und schon kam mein Retter herein. Dieser große Kretin Douglas Thruck. Ich werde Ihnen nachher sagen, wer er ist, im Augenblick jedenfalls stürze ich mich auf das Mädchen in seiner Begleitung und führe sie auf die Tanzfläche. Sie ist nicht schlecht gebaut und sie tanzt gut... Keine Faxen... Schon fängt sie nämlich an, sich etwas zu stark ranzuschmeißen...
»Sachte!« sage ich. »Ich bin auf meinen Ruf bedacht.«
Das ist zwar etwas flegelhaft, was ich da gerade losgelassen habe, aber wissen Sie, bei meiner Visage geht mir alles durch. Sie lächelt leise und tut was sie will. Und wenn man sieht, wie sie mit ihrem Fahrgestell rumscharwenzelt, ist es nicht schwer, herauszufinden, was sie im Schädel hat.
»Schade, daß es kein Samba ist«, antwortet sie, ohne es tragisch zu nehmen.
»Warum«, sage ich, »ich finde, es geht auch so.«

»Das hat mehr Atmosphäre«, antwortet sie. »Diese Musik hier ist doch ein wenig kalt.«
Kinder, wenn sie das kalte Musik nennt, dann tanze ich lieber keinen Samba mit ihr. Mann! Ich muß unbedingt etwas tun. Ich bin immerhin etwas kräftiger als sie, und es gelingt mir, sie ein wenig von mir wegzuschieben. Ich tanze weiter mit ihr, wobei ich sie mir vom Leib halte. Man kann sein Leben nicht dem Sport widmen und mit solchen Bienen tanzen. Das läßt sich nicht miteinander vereinbaren. Und ich stehe nun mal auf Sport. Mehr als auf allem andern.
Sie beißt sich ein wenig in die Unterlippe, aber sie lächelt trotzdem. Unmöglich, sie zu ärgern. Demnächst werde ich mir einen falschen Schnurrbart ankleben, dann werde ich in Ruhe tanzen können.
Hamilton hört auf zu spielen. Ich bringe das Mädchen zu seinem legitimen Eigentümer, Douglas Thruck, zurück. Douglas lohnt schon die Mühe, daß man ihn etwas ausführlicher vorstellt. Es ist ein langer, blondgelockter Junge mit einem Mund, als hätte man ihn einmal gefaltet, und immer heiter. Er ist sehr jung, er säuft wie ein Loch, und er ist so ein bißchen Journalist. Er schreibt eine Kolumne in einer Filmzeitung und in seinen Mußestunden arbeitet er an dem großen Werk seines Lebens, einer *Ästhetik des Films,* für die er zehn Bände und zehn Jahre Arbeit veranschlagt. Er raucht Zigarren. Abgesehen davon ist er ein regelrechter Schwamm, wie ich noch einmal sagen muß.
»Grüß dich!« sagt er zu mir. »Soll ich dich vorstellen?«
»Selbstverständlich!«
»Das ist Rock Bailey«, erklärt er der hübschen Dunkelhaarigen, die es auf meine Gefühle abgesehen hatte. »Sunday Love«, sagt er zu mir und zeigt auf sie. »Eine Hoffnung der ›Metro‹.«
»Entzückt, Sie kennenzulernen.«
Ich verbeuge mich höflich und drücke ihr die Hand. Sie lacht. Sie ist eigentlich nett. Eine Hoffnung der ›Metro‹. Mein

Gott, wenn ich die ›Metro‹ wäre, würde ich nicht zögern, einige Hoffnungen an dieses Kind zu hängen; das Ganze macht den Eindruck, als hielte es sich ausgezeichnet.

»Sie ist in dich verknallt«, sagt Douglas Thruck mit seinem üblichen Takt zu mir.

Es stimmt zwar, daß ich, was die Flegelhaftigkeit angeht, nicht neidisch auf ihn zu sein brauche, aber trotzdem … ich erteile ihm eine Abfuhr.

»Das hat sie dir nur gesagt, um dich loszuwerden.«

»Sie haben es erraten«, sagt Sunday Love.

Sie rückt mir näher auf den Leib. Verflixt und zugenäht, sind diese Weiber doch lästig. Wo hat sie sich nur diesen stupiden Namen aufgegabelt. Sunday Love… Komischer Einfall. Das klingt ein wenig ländlich. Vor allem paßt er überhaupt nicht zu ihr. Ich bin überzeugt, daß dieses Mädchen sich nicht damit zufriedengibt, nur sonntags Liebe zu machen.

»Tanzen wir wieder«, schlägt sie vor, als Hamilton einen anderen Dings zu spielen anfängt.

»Nein«, sage ich. »Sie bringen es schließlich noch fertig und pervertieren mich, aber mein Training erlaubt mir diese Art von Grillen nicht. Ich stehe zu Ihrer Verfügung, um Ihnen einen auszugeben.«

»Erlaubt Ihnen Ihr Trainer das Trinken?« fragt sie schlagfertig.

»Aber ja«, versichert Douglas, dem kein Wort unserer Unterhaltung entgeht. »Hören Sie, Sunday, versuchen Sie nicht, den alten Rocky zu verführen. Er ist unerschütterlich, und alle Mädchen haben sich an ihm die Finger verbrannt. Außerdem müssen Sie wissen, die Sportler haben mit der Transzendenz nichts am Hut. Für Ihre Interessen eignet sich nichts so gut wie die Intellektuellen.«

Der Intellektuelle ist er. Natürlich. Na ja … ich bezahle eine Runde … Douglas bezahlt ebenfalls eine. Ich geb noch eine aus. Zwischendrin tanze ich mit Beryl, mit Mona … Wieder mit Sunday Love … Ich amüsiere mich, denn trotz ihrer Be-

mühungen bleibe ich vollkommen kalt. Sie hat begriffen und sie spielt das Spiel ganz offen. Ich bin groß in Form an diesem Abend... und ich weiß, daß eine Menge Frauen, die da sind, sich ein X für ein U vormachen ließen. Es ist halt angenehm, wenn man eine schöne Visage hat.
»Hören Sie«, sagt Sunday Love plötzlich zu mir...
»Ich höre.«
Sie preßt ihre Wange an die meine. Sie riecht sehr gut. Der Duft ihres Haares und der ihres Rouges passen bemerkenswert gut zueinander. Ich sage es ihr.
»Bitte keine Dummheiten, Rocky. Sie glauben doch kein Wort davon.«
»Aber ja, meine Süße«, sage ich. »Ich meine es so ernst, wie man es ernster gar nicht meinen kann.«
»Wie wärs, wenn Sie woanders mit mir hingingen?«
»Warum wollen Sie woanders hingehen? Mögen Sie die Musik des alten Lem nicht?«
»Doch... aber Sie mögen sie zu sehr. Wie soll man Vergnügen daran finden, mit einem Kerl zu tanzen, der der Musik lauscht?«
»Ich weiß, daß es so Brüder gibt, die wegen der Mädchen tanzen und nicht wegen der Musik«, sage ich zu ihr. »Aber ich mag nun mal diese Musik, und ich sage Ihnen noch einmal, daß die Frauen mich nicht interessieren.«
»Aber aber?« sagt sie mit einem vorwurfsvollen Blick zu mir und befühlt meine Bizepse. »So einer sind Sie doch nicht...«
Ich merke, daß sie mich für eine Riesenzicke hält und ich muß laut lachen.
»Natürlich nicht! ...« sage ich zu ihr, »Sie brauchen keine Angst zu haben, ich mag die Männer auch nicht, wenn Sie das gemeint haben... aber was ich ganz besonders schätze, das ist der gute Zustand meiner Figur... und dazu verhilft nur eins, Sport.«
»Oh!« antwortet sie und schneidet ein Gesicht... »ich würde Ihnen nicht wehtun.«

Sie ist verdammt hübsch, wenn man sie näher anschaut, und ich würde fast gegen meine persönliche Regel verstoßen. Aber verdammt und zugenäht, ich habe beschlossen … verflixt … jetzt lasse ich die Katze aus dem Sack … ich habe beschlossen, daß ich bis zum zwanzigsten Lebensjahr jungfräulich bleibe. Das ist vielleicht völlig idiotisch, aber man nimmt sich solche Sachen vor, wenn man jung ist. So wie man auf dem Bürgersteig nur auf der Kante geht oder wie man in die Spülsteine spuckt, ohne den Rand zu treffen … aber das kann ich ihr natürlich nicht sagen, immerhin … was soll ich tun? …

»Ich verlasse mich auf Sie«, sage ich zu ihr und drücke ein wenig ihren Arm … »aber aus einem Grund, den ich Ihnen nicht erzählen kann, bin ich gezwungen, sehr seriös zu sein.«

»Haben Sie Dummheiten gemacht?«

Verflixt nochmal. Sie kann ja alles mögliche meinen, aber doch nicht das.

»Ich weiß nicht, wie ich Ihnen das erklären soll«, sage ich, »aber wenn Sie wollen, daß ich Ihnen an meinem zwanzigsten Geburtstag ein Stelldichein gebe, dann sind Sie das Geschenk für den Kleinen.«

Nun, wenn ich gehofft hatte, sie abzukühlen, dann ist das völlig schiefgelaufen. Sie schaut mich mit den Augen einer Männerverzehrerin an und atmet schneller …

»Oh … Rocky … Das ist doch ein Witz, mein kleiner Rokky …«

Da ist nun ein Mädchen von gut siebzehn Jahren, das ich mit ausgestrecktem Arm auf einer einzigen Hand tragen könnte und das mich ihren Kleinen nennt. Glauben Sie mir, das ist schon ein recht ungewöhnliches Geschlecht.

»Mein Wort als Mann …« sage ich zu ihr. »Ich nehme nichts zurück von dem, was ich gesagt habe.«

»Ich kann Ihnen das gleiche anbieten«, sagt sie und sieht mir dabei in die Augen.

Also wenn Sie meine Meinung wissen wollen, ein verdammt

unangenehmer Augenblick. Zum Glück kommt mir der alte Gary zur Hilfe. Er klopft mir auf die Schulter.
»Ich bin dran!« sagt er.
Ich verbeuge mich und lasse ihn die Kleine umschlingen. Sie verzieht noch leicht das Gesicht, aber sie ist nicht verärgert, weil Kilian trotz allem ein schöner Bursche ist. Sie lächelt mich an und schlägt dabei ein wenig die Augenlider nieder. Sie sieht aus wie eine Treibhausblume für Kameras, so in der Art Linda Darnell...
Ich gehe an die Bar zurück. Clark Lacy steht dort und schwatzt mit Beryl, während Mona mit Douglas tanzt. Es sind nur sympathische Leute im Zooty Slammer. Ich kenne so ziemlich alle Gesichter. Ich strecke mich. Es ist doch etwas Schönes, zu leben, Moneten in der Tasche zu haben und so gute Freunde. Ich lache beglückt. Douglas' Zigarre liegt auf dem Aschenbecher und stinkt, daß es eine wahre Pracht ist. Es ist eine von diesen furchtbaren italienischen Dingern, knotig wie ein alter Knochen eines Rheumakranken und schlechter riechend als alle Kloaken der Hölle. Plötzlich muß ich etwas frische Luft atmen und ich sage es Lacy.
»Ich komme gleich zurück... Ich gehe für eine Sekunde hinaus.«
»O.K....« sagt er.
Ich gehe auf die Tür zu. Ich mache Lem ein Zeichen, als ich vorbeigehe, und er lacht über sein ganzes gutes, schwarzes Gesicht.
Es herrscht ein prachtvolles Wetter. Die Nacht ist blau und wohlriechend, und alle Lichter der Stadt bilden einen unbestimmten Lichthof über meinem Kopf. Ich mache ein paar Schritte und stütze mich mit den Ellbogen auf meinen Schlitten, der unweit vom Slammer brav auf mich wartet. Ein Kerl ist hinter mir aus dem Lokal gekommen. Er tritt näher. Er ist kräftig, stämmig, ein wenig nach einem groben Klotz aussehend, aber korrekt.
»Haben Sie Feuer?« sagt er zu mir.

Ich halte ihm mein Feuerzeug hin und ich erinnere mich, daß dies der klassische Verhandlungsbeginn des Gangsters ist, der einen Coup landen will. Das bringt mich zum Lachen. Ich lache.
»Danke«, sagt er.
Er beginnt ebenfalls zu lachen und zündet sich seine Zigarette an. Schade. Es ist kein Gangster. Ich atme den Rauch seiner Zigarette ein. Ein seltsamer Geruch. Er merkt, was ich tue und hält mir sein Etui hin.
»Wollen Sie eine?«
Das stinkt fast genauso wie die Zigarre von Douglas, aber in der frischen Luft ist das nicht so schlimm. Ich stecke mir eine an und sage Dankeschön, weil ich nämlich ebenfalls in der Sonntagsschule war.
Das schmeckt auch fast genauso schlecht wie die Zigarre von Douglas, aber ich habe gar keine Zeit mehr, das zu merken, weil ich so sicher in Ohnmacht falle, als ob ich gerade einen vierfachen Zombie getrunken hätte. Der Kerl ist bezaubernd und mir bleibt gerade noch die Zeit mitzukriegen, daß er meinen Kopf hält, damit er nicht auf den Bürgersteig aufschlägt, und dann verziehe ich mich ins Land der fliegenden Läuse.

Etwas amüsante Physik

Ich werde in einem ganz stinknormalen Zimmer wach. Ich nehme an, es ist noch Nacht, denn die Vorhänge sind zugezogen und das Licht brennt; ich schaue auf die Uhr. Es muß ungefähr halb zwei gewesen sein, als ich diese Zigarette genommen habe... Ich erinnere mich an alles ganz genau, außer an die Zeit zwischen der Zigarette und diesem Bett, auf dem ich liege... völlig nackt.

Ich drehe mich um und suche meine Kleider, Bettlaken, irgendetwas. Es ist nicht angenehm, sich nackt in einem Zimmer zu befinden, das man nicht kennt. Ein hübsches Zimmer. Beigeorangenfarbene Wände, indirekte Beleuchtung. Sonderbar. Keine Möbel. Das Bett ist niedrig, sehr weich. Nichts ragt irgendwo vor. Eine Tür dort.
Ich stehe auf. Ich gehe ans Fenster. Ich schiebe die Vorhänge beiseite. Sowenig Vorhänge wie Kleider. Die Vorhänge sind ein Trompe-l'œil und die Wand ist voll und hart.
Die Tür. Ich muß alles versuchen. Wenn auch die Tür ein Jux ist, dann frage ich mich, wie sie mich eigentlich hier hereingebracht haben.
Die Tür gibt nicht nach. Das scheint mir alles recht solide. Aber es ist eine richtige Tür.
Man darf sich nicht unterkriegen lassen. Ich werfe mich aufs Bett und denke ein bißchen nach. Nicht lange... nachdenken ist mir lästig. Daß ich ausgezogen bin, ist mir noch etwas unangenehm, aber im Grunde kann ich nichts dran ändern, man muß sich eben dran gewöhnen, denn es heißt ja, daß manche Typen ihr ganzes Leben lang so leben ... In Afrika oder in Australien, glaube ich. Wenn sie sich nur wohl dabei fühlen. Ich jedenfalls kann mir nicht vorstellen, daß ich in dieser Aufmachung mit Sunday Love einen Samba tanze.
Ja. Aber hol's der Teufel, man läßt dich nicht in Ruhe. Die Tür geht auf und dann geht sie wieder zu... und zwischen diesen beiden Vorgängen findet eine leichte Veränderung meines Geisteszustandes statt.
Denn jetzt ist eine Frau im Raum, und zwar in der gleichen Aufmachung wie ich.
Mensch, Kinder, was für ein Prachtexemplar! Ich richte schnell ein kleines Gebet an den Herrn, denn wenn ich genauso auf sie wirke, wie sie auf mich wirkt, sind meine guten Vorsätze im Eimer.
Sie ist sehr schön, von ziemlich überraschender Schönheit. Ein wenig zu perfektioniert, wenn ich mich damit verständ-

lich machen kann. Man könnte meinen, man habe sie mit den Brüsten von Jane Russel, den Beinen von Betty Grable, den Augen der Bacall und so fort fabriziert. Sie sieht mich an, ich sehe sie an, und ich glaube, daß wir gleichzeitig rot geworden sind. Sie kommt auf mich zu. Ich verrichte ein kleines Gebet. Verflixt, dabei sind Gebete ganz und gar nicht meine Art. Vielleicht will sie einfach nur mit mir reden. Ich bemühe mich, schicklich zu bleiben, und es gelingt mir auch, aber Herrgott, es fällt mir verdammt schwer... Ich denke an meinen Vater und an seine goldene Brille, an meine Mutter in ihrem malvenfarbenen Kleid, an die kleine Schwester, die ich haben könnte, an ein Baseballspiel und an eine anständige kalte Dusche, aber schon setzt sie sich zu mir aufs Bett. Sie sieht mir mitten ins Gesicht und sie zwinkert sanft mit den Augen. Sie hat fünfzig Zentimeter lange Wimpern und eine Haut, die so glatt ist...

Was wollen Sie da tun? Da bin ich, völlig nackt, mit einem Mädchen von neunzehn Donnerwettern zusammen, das im gleichen Aufzug ist wie ich, und das mitten in einem Zimmer, in dem nur ein Bett steht und sonst nichts. Das ist mit Sicherheit ein Problem, das zu lösen man mich an der Universität nicht gelehrt hat. Die Französisch-Übungen mochte ich lieber ... obgleich diese Schweinehunde ein paar unregelmäßige Verben haben ...

Den unregelmäßigen Verben gelang es schließlich, mich wieder ins Gleichgewicht zu bringen. Heiliges Kanonenrohr, ich habe schließlich nicht beschlossen, bis zwanzig keusch zu bleiben, um dann bei der erstbesten Frau, die in mein Zimmer kommt, mein ganzes Programm hinzuschmeißen. Denn es ist mein Zimmer, ich war schließlich vor ihr da. Und die Kleidung hat nichts mit dieser Frage zu tun. Ich werde ihr zeigen, daß man auch ohne Hosen achtbar sein und Würde zeigen kann.

Ich stehe auf, kreuze die Arme und frage sie:

»Was wollen Sie?«

Oh, sie redet nicht um den heißen Brei herum. Sie antwortet »Sie.«
Ich verschlucke mich erst mal mächtig und huste wie ein alter Auspuff.
»Wir sind da nicht einer Meinung«, sage ich. »Mein Training verlangt absolute Keuschheit.«
Sie zieht die Augenbrauen hoch, lächelt und steht auf. Sie kommt näher. Sie wird mir die Arme um den Hals werfen. Ich packe sie an den Handgelenken und versuche, sie auf Distanz zu halten ... Ich erinnere mich an Sunday Love. In einem Tanzlokal ist das jedenfalls sehr viel leichter, wenn man im Abendanzug ist.
Ich weiß nicht mehr, was ich tun soll... sie ist stark wie ein Pferd... und riecht auch verdammt gut. Einfach irre, die Geschichte, immerhin... ich möchte gern begreifen.
»Wer hat mich hierher gebracht?« sage ich. »Wo sind wir? Was soll eigentlich diese ganze Geschichte, was soll das darstellen? Was würden Sie sagen, wenn man Sie mit Drogen vollpumpen und in ein Zimmer bringen würde, das Sie noch nie im Leben gesehen haben, und wenn man dann einen Mann hineinließe, dessen Absichten eindeutig sind?«
»Ich würde nichts sagen«, sagt sie und hört auf, sich zu bewegen. »Unter so sonderbaren Umständen sind Worte völlig unnötig... Sind Sie nicht auch dieser Meinung?«
Sie lächelt. Sie hat alles, dieses Mädchen. Sie hat sogar Zähne, die man glatt für Ringe einfassen könnte.
»Das mag vielleicht die Ihre sein, weil Sie wissen, was das heißt, aber bei mir ist das nicht der Fall.«
Irgendwie wird mir die Sinnlosigkeit dieser Unterhaltung in dieser Aufmachung bewußt, und ihr auch; sie lacht und fängt wieder an, sich an mich ranzuschmeißen, und beim heiligen Kilian, sie ist schon nicht mehr weit, denn ihre Brust berührt die meine, während ich mich immer heftiger sträube ... ich komme ins Wanken, ich komme ins Wanken... sie macht den Eindruck, als sehe sie einen armen Idioten in mir ... einen

Kerl, der Grundsätze hat, und das bringt mich in Wut. Jawohl, ich habe Grundsätze und ich halte an meinem Standpunkt fest. Ich fange an zu brüllen wie am Spieß …
»Lassen Sie mich los! Sie Vampir! Lassen Sie mich in Ruhe … ich will nicht … Sie gehen mir auf die Eier … Mama! …«
Diesmal ist sie völlig aus der Fassung geraten. Sie läßt mich los, entfernt sich von mir, lehnt sich an die Wand und schaut mich an. Kinder, wenn ihr je etwas in einem Blick gelesen habt, dann könnt ihr gleich sagen, daß ich der vollkommenste Kretin bin, der je auf der Erde herumgelaufen ist. Ich habe so geschrien, daß mir der Hals wehgetan hat, und ich wäre am liebsten anderswo gewesen.
Und dann geht die Tür auf und herein kommen zwei Kerle, die überhaupt nicht sympathisch sind. Sie sind weiß gekleidet, wie Krankenpfleger, und sie sind ungefähr genauso leicht gebaut wie die Brücke von San Francisco. Das ist mir egal, ich protestiere trotzdem.
»Nehmt dieses übergeschnappte Weib mit und gebt mir meine Kleider zurück«, sage ich. »Bei mir habt ihr jedenfalls kein Glück mit euren voyeuristischen Schweinereien.«
»Was ist los?« fragt der erste.
Er ist fett und dumm und hat einen kleinen Schnurrbart.
»Zieht er Männer vor?« fragt der zweite.
Das wirst du bedauern, Alter. Ich nehme einen Anlauf und wuchte ihm mit aller Kraft meine Faust in den Magen. Offensichtlich ist ihm das unangenehm, denn er krümmt sich zusammen, wobei er eine nur halb zufriedene Grimasse schneidet.
Der Dicke mit Schnurrbart sieht mich vorwurfsvoll an.
»Er hätte das natürlich nicht sagen dürfen«, sagt er zu mir, »aber du solltest nicht so brutal sein. Was bringt dir das schon ein?«
Der andere hat sich wieder aufgerichtet. Um den Mund herum ist er ganz grün, und mit seiner Gurgel macht er ziemlich originelle Geräusche.

»Ich wollte Sie nicht ärgern«, gelingt es ihm schließlich zu sagen. »Seien Sie nicht so jähzornig.«
Ich nehme mich nicht vor ihm in acht, und das ist ein Fehler, denn er zieht mir den Gummiknüppel über den Kopf, daß ich das ganze Sonnensystem zu sehen kriege. Der Dicke ist einen Schritt vorgetreten und fängt mich in seinen Armen auf. Ich kämpfe verzweifelt, um nicht das Bewußtsein zu verlieren, und es gelingt mir, wieder auf die Beine zu kommen. Ich muß auf dem Hinterkopf so was wie das Embryo eines Straußeneis haben, und ich spüre, daß sich das Ding zusehends entwickelt. In fünf Minuten wird es aufplatzen. Und es wird hartgekocht sein, denn es brennt auch noch.
»Wir sind quitt«, sage ich. »Und mehr als das«, stammele ich.
»Schon gut«, sagt der Schnurrbärtige, »ich habe mir gleich gedacht, daß du vernünftig wirst. Hör zu, du kannst uns nicht beide zusammenschlagen. Deshalb sei brav. Du weigerst dich also, mit Madame allein zu bleiben?«
»Sie ist zwar bezaubernd«, sage ich, »aber ich habe meine Gründe.«
»Gut«, brummt der Zweite. »Schließlich ist das Ihre Sache. Kommen Sie mit.«
Mein Kopf dröhnt wie eine alte Glocke, aber er ist leichenblaß und geht ganz gekrümmt. In gewisser Hinsicht tröstet mich das.
Ich spüre etwas auf meinem Fuß. Es ist der genagelte Schuh des Dicken mit Schnurrbart. Er tritt nicht fest auf.
»Hör zu, mein Täubchen«, sagt er zu mir, »komm mit. Es dauert fünf Minuten, dann lassen wir dich laufen, Ehrenwort.«
Man fühlt sich furchtbar wehrlos mit nackten Füßen, während die andern Schuhe tragen. Vor allem genagelte. Und mein Schädel erlaubt mir nicht, mit ausreichendem Erfolg nachzudenken.
Das Mädchen hat sich gleichgültig aufs Bett geworfen. Fast überkommt mich ein Gefühl des Bedauerns, aber was solls.

Vielleicht sind es Vorurteile, daß ich mich so verhalten habe, aber schließlich muß man sich an etwas halten, selbst wenn es Vorurteile sind. Ich werde in sechs Monaten zwanzig Jahre alt, und wenn ich es nicht fertigbringe, wenigstens noch sechs Monate lang durchzuhalten, werde ich nie wieder Respekt vor mir haben. Ich folge den beiden Kerlen durch einen kahlen, sauberen Flur, wie man sie in Krankenhäusern hat. Sie beobachten mich aus den Augenwinkeln, und der zweite hat immer noch die Hand in der Tasche. Ich weiß, daß er dort einen kleinen Gummiknüppel stecken hat... Ich hoffe, daß das alles ist, was er für mich hat. Mir wird richtig übel, als ich plötzlich ans Zooty Slammer denke und an meine Kumpels, die dort auf mich warten. Wenn sie mich sehen würden...

Ich werde wieder rot, als ich an meinen Aufzug denke. Ich weiß nicht, was ich dafür geben würde, um nicht bei jeder Gelegenheit so rot zu werden. Es ist einfach dumm.

Wir betreten einen Raum, der wie ein Operationssaal aussieht. Es gibt einige Apparate. Ein schulterhoher, verchromter Barren, der wie ein Reck an der Decke befestigt ist, beunruhigt mich. Sie stellen mich davor.

»Heben Sie die Arme hoch«, sagt der Zweite.

Ich hebe sie. In Nullkommanichts binden sie mir die Handgelenke an den beiden äußeren Enden des Recks fest. Ich stürze ins Leere.

»Laßt mich los, ihr fliegenden Flaschen!...«

Ich sage ihnen noch ganz andere Dinge, aber mein Gedächtnis läßt mich im Stich, um es Ihnen zu erzählen. Es ist auch besser so. Sie packen mich an den Füßen und binden sie mir am Boden fest. Was wollen die eigentlich? Mich auspeitschen? Ich brülle immer lauter. Ich muß wohl in die Hände einer dieser Banden gefallen sein, die Spezialfotos machen und die alten Herren und die vom Leben etwas enttäuschten alten Schachteln mit erlesenen Schauspielen versorgen.

»Laßt mich in Frieden... Ihr Saubande... Ihr Säcke... Glaubt mir, ich werde euch an der nächsten Straßenecke kriegen...«

Jaaa... ich könnte genausogut mit Türen reden. Sie machen sich im Zimmer zu schaffen. Der erste hat eine Art Porzellanschale vor mich gestellt, die auf einem Fuß aufgeschraubt ist, wie ein Aschenbecher, und der zweite fummelt mit einer elektrischen Maschine herum.

»Wir«, sagt der Schnurrbärtige zu mir, »hätten ja die erste Lösung vorgezogen ... aber du scheinst da nicht drauf abzufahren, du mußt also schon entschuldigen ...«

Er knallt mir ein Ding auf den Bauch. Es ist mit biegsamem Kabel mit der Maschine verbunden, und der zweite geht mit der zweiten Elektrode hinter mich. Mein Gott! Das Schwein! Ich fühle mich noch gedemütigter, als wenn es ein Thermometer wäre. Die behandeln mich doch tatsächlich genau wie ein Experimentierkaninchen. Ich bedenke sie mit allen ausgesuchten Namen, die mir noch einfallen.

»Mach dir keine Gedanken«, sagt der Dicke. »Es tut nicht weh, und außerdem haben wir dir die Wahl gelassen. Beweg dich nicht, ich schalte ein.«

Er schaltet ein, einmal ... zweimal ... dreimal, und ich gehe jedesmal in die Luft und begreife jetzt, wozu das Porzellanding dient. Ich schäme mich viel zu sehr, um irgend etwas zu sagen und diese beiden Dummköpfe brechen in Gelächter aus.

»Machen Sie sich nichts draus«, sagt der Zweite zu mir. »Es wird unter uns bleiben.«

Ich lüge, um das Gesicht zu wahren.

»Das ist mir völlig schnuppe«, sage ich brummend. »Ihr seid ein schönes Paar Mistfinken, aber wir werden uns noch sprechen.«

»Wann du willst, Söhnchen«, sagt der Erste und lacht noch lauter.

Ich erinnere mich noch, daß sie mir etwas zu trinken gaben...

Andy Sigman greift ein

Ich kam unterhalb der Landstraße, an deren Rand ich völlig angekleidet lag, wieder zu Bewußtsein, um dem Gesang der blauen Finken aus Gabun in einer Orangenplantage zu lauschen. Ich hatte den Geruch von Douglas' Zigarre in der Nase und fragte mich, wie dieser Idiot mich gefunden hatte. Der eingeholten Auskunft zufolge war es nicht die Zigarre von Douglas. Vor mir stand ein schwarzorangefarbenes Taxi, und auf dem Trittbrett saß ein alter, sympathischer Bursche, der seine Pfeife rauchte und mich dabei betrachtete.

»Was tue ich hier?« fragte ich.

»Diese Frage wollte ich gerade Ihnen stellen«, sagte der Kerl zu mir.

»Ich bin angezogen ...«, stellte ich fest.

»Das will ich hoffen!« sagte er. »Hatten Sie was anderes an?«

Ich tastete meine Taschen ab. Allem Anschein nach fehlte mir nichts.

»Wie spät ist es?«

»Gegen sechs Uhr«, sagte er.

Ich bin aufgestanden. Mein Kopf bewies mir, daß das alles kein Traum war. Ich muß wohl gebrummt haben, denn er hat mich besorgt angesehen.

»Sie haben eine prachtvolle Beule, Mann ...«

»Ja.«

Ich fühlte mich ganz matt in der Lendengegend. Diese Bande von Flegeln mit ihren elektrischen Dingern. Na ja ... wenn das alles war, dann war ich ja noch billig davongekommen.

Ich zögerte einen Augenblick.

»Können Sie mich in die Stadt zurückbringen?«

»Ich habe mir gedacht, daß Sie mich darum bitten würden«, sagte er, »deshalb habe ich gewartet. Ich heiße Andy Sigman.«

»Ich bin Rock Bailey«, sagte ich. »Nun, ich bin froh, daß ich Sie getroffen habe.«

»Oh, schon gut«, sagte er. »Ich fuhr leer zurück. Für mich ist das genauso gut.«

Ich dachte eine Minute lang nach, und mein Schädel ließ mich spüren, daß das das Äußerste war.

»Fahren wir«, sagte ich. »Bringen Sie mich ins Zooty Slammer. Fahren Sie bis zur Ecke Pico Boulevard und San Pedro Street, dort sage ich Ihnen, wie es weitergeht.«

»Ich weiß, wo es ist«, sagte er. »Bei Hamilton?«

»Richtig.«

Ich setzte mich neben ihn, wenn es auch gegen die Bestimmung war, es ist bequemer, um sich zu unterhalten, und alle Taxifahrer der Stadt sind geschwätzig wie alte Negerweiber. Ich versuchte, eine Geschichte zu erfinden, die plausibel klang. Mit Sicherheit würde ich ihm nicht alles erzählen, was mir passiert war, zumal die Einzelheiten nicht.

»Nehmen Sie sich vor den Frauen in acht«, sagte ich zur Einleitung.

»Eine ganz üble Sippschaft«, pflichtete er mir bei.

»Vor allem, wenn sie einen aus dem Auto schmeißen, nachdem sie sich zwanzig Meilen lang haben tätscheln lassen.«

»Sie fuhr nicht sonderlich schnell...«, sagte er und sah meine Kleider an.

»Ein Glück«, sagte ich. »Anschließend startete sie wieder durch.«

»Das wundert mich ein bißchen, daß sich ein Mädchen geweigert hat, Sie zu küssen«, sagte er, etwas argwöhnisch. »Ich kann das nicht beurteilen, mit dieser Beule, die Sie da am Schädel haben, aber Sie werden von den Frauen sicherlich nicht an der Nase herumgeführt ... meiner Meinung nach sind Sie eher von der Art, vor der sie umfallen wie die Fliegen.«

Keine Spur von Schmeichelei in seiner Stimme. Er dachte sicherlich, was er sagte.

»Gewöhnlich«, sagte ich, »ist es so... aber man kann immer mal auf einen Knochen stoßen. Auf jeden Fall hat mich diese hier ganz übel drangekriegt, und ich wäre nicht in der Lage, Ihnen zu sagen, was ich von dem Augenblick an getan habe, in dem ich in Ohnmacht gefallen bin.«

»Sie haben wohl dort geschlafen, wo Sie hingefallen sind«, sagte er.

»Wahrscheinlich«, gab ich zur Antwort.

»Es war ein Glück, daß ich diesen Kunden bis nach San Pinto gefahren habe.«

»Ein Glück für mich«, sagte ich.

»Als ich in Schanghai war«, fing er an, »da fand man jeden Tag an den Straßenecken Leute, die auf dem Boden lagen.«

»Sind Sie in Schanghai gewesen?«

»Ich war Direktor der französischen Lizenzgesellschaft für Straßenbahnen. Eine lustige Geschichte.«

Ich begann zu lachen.

»Das ist doch ein Witz.«

»Keineswegs. Ich habe das tatsächlich unter mir gehabt. Um Ihnen alles zu sagen, ich habe mich mit neunzehn Jahren am Institut für orientalische Sprachen, wie sie dort sagen, immatrikuliert, für türkisch. Und am ersten Tag bin ich in die falsche Klasse geraten.«

Er begann nun ebenfalls zu lachen.

»Sie haben recht«, fuhr er fort, »es sieht nach einem Witz aus, aber es ist wahr. Es waren alles in allem zwei Schüler. Mit mir waren es drei. Es war das erste Mal seit elf Jahren, daß der Professor drei Studenten hatte … und ich hatte einfach nicht den Mut, ihn zu enttäuschen.«

»Also?«

»Als ich dann Chinesisch konnte, mußte ich halt nach China gehen. Ich bin zwanzig Jahre dort geblieben und während dieser Zeit habe ich Englisch gelernt.«

»Und jetzt sind Sie hier …«

»Und jetzt bin ich hier. Kalifornien ist eine hübsche Gegend.«

»Ja«, sagte ich, »eine hübsche Gegend.«

Eine hübsche Gegend, wo man einem mit Rauschgift versetzte Zigaretten anbietet, um einem dann an unbekannten Orten schändlichster, schmachvollster Behandlung zu unterwerfen. Wenn ich ihm das erzählen würde, bräche ihm der kalte Schweiß aus. Schlimmer, als wenn alle Straßenbahnen Schanghais morgens um vier Uhr vor seinem Fenster klingelten. Nein, eher um vier Uhr nachmittags ... denn er schläft bestimmt tagsüber.

Wir waren nicht sehr weit weg. Sie hatten mich auf der Straße nach San Pinto abgesetzt. Das wollte nichts heißen. Sie hätten mich in einem Umkreis von vierzig Meilen irgendwohin bringen können ...

Andy Sigman bog um die Ecke. Mein Buik stand immer noch da und ich erkannte den alten Klapperkasten von Douglas.

»Hier ists«, sagte ich zu Andy. »Setzen Sie mich da ab und nochmals vielen Dank.«

»Falls Sie mich je brauchen sollten...«, sagte er zu mir und sah mich seltsam an.

Er schrieb seine Telefonnummer in mein Notizbuch.

»Haben Sie Telefon?« wunderte ich mich.

»Ja«, sagte er, »ich wohne gar nicht schlecht. Taxifahrer bin ich eigentlich nur, weils mir Spaß macht. Nötig hätte ichs nicht.«

So daß ich ihm kein Trinkgeld anzubieten traute.

»Ich rufe Sie an einem der nächsten Tage an, dann trinken wir zusammen einen«, sagte ich zu ihm und drückte seine harte, magere Hand.

»Einverstanden«, gab er zur Antwort. »Auf Wiedersehen.«

Ich sah ihm nach, bis das hintere Nummernschild verschwand.

Es war genau halb sieben. Und als ich zum zweiten Mal Lems Kneipe betrat, sah ich, von hinten, Sunday Love, die schreiend zurückwich und ihr Gesicht in den Händen versteckte.

»Da, in der Telefonkabine, da liegt ein toter Mann.«

Damit bleibt mein Hereinkommen natürlich völlig unbemerkt, und ich spüre, wie sich ein umfangreicher Frustrationskomplex in mir entwickelt. Der alte Lem macht ein komisches Gesicht, denn wenn das stimmt, ist das schlecht für seinen Laden. Gary und Douglas sind zur Telefonkabine gegangen, hinten rechts im Lokal, und ich sehe, wie sie etwas am Boden betrachten. Ich muß noch sagen, daß fast niemand mehr im Zooty Slammer ist. Selbst Mona und Beryl sind nicht mehr da, und auch von Clark Lacy ist keine Spur mehr zu sehen. Gary und Douglas kommen zurück, sie haben nichts angerührt.

»Rufen Sie die Polizei an, Lem«, sagt Gary. »Er ist tot. Es ist besser, wenn Sie sie sofort benachrichtigen. Sie haben nichts zu befürchten. Verlangen Sie Leutnant Defato. Nick Defato. Er ist ein Freund von mir.«

Und dann bemerkt er mich.

»Wo hast du denn gesteckt, du Drückeberger?... Du kommst gerade zur rechten Zeit zurück! Du hast den richtigen Augenblick gewählt.«

»Ich war rausgegangen, um frische Luft zu schnappen«, sage ich. »Das hatte ich dir doch gesagt.«

»Und dabei hast du Schwierigkeiten bekommen ...«, fügt Douglas heiter wie immer hinzu.

Denn um dem seine Fröhlichkeit zu nehmen, braucht es was anderes als eine Leiche. Er spielt auf die Beule an meinem Kopf an. Es ist besser, das Thema zu wechseln.

»Tröste lieber die arme Sunday, anstatt hier Witze zu reißen«, sage ich zu ihm.

Unterdessen ist Gary zu Lem ans Telefon gegangen, und ich höre, wie er persönlich darauf besteht, Nick Defato an die Strippe zu bekommen.

»Im Ernst«, bohrt Douglas weiter, »was hast du denn gemacht?«

»Ich bin von einer Frau entführt worden, die mich heimlich liebte«, sage ich. »Und ich habe einen Kerl getroffen, der noch schlimmere Schweinereien raucht als du.«
»Komm«, sagt Douglas ..., »sags uns schon ... Wo bist du gewesen?«
»Es ist ekelhaft...«, sagt Sunday Love. »Glaubt ihr, daß er tot ist?«
Sie ist noch ganz aufgeregt. Gary und Lem haben ihr Telefongespräch beendet und sie kommen zurück. Die zwei oder drei Gäste, die noch da sind, sind aufgestanden, sind sich die Leiche ansehen gegangen und sind an die Bar zurückgekommen, so daß jetzt alle um die Theke herumstehen und darauf warten, daß uns Lem ein höllisches Stärkungsmittel mixt; denn sein Barkeeper ist seit einer Weile schlafen gegangen. Ich frage Kilian:
»Wer ist denn dieser Kerl? War er heute abend hier?«
»Ja«, sagt Kilian. »Ich habe den Eindruck, daß ich ihn vor zwei Stunden oder vielleicht noch länger kurz bemerkt habe. Kurz nach deinem Weggang, ja, ich glaube ... Ich war rausgegangen, um nachzusehen, was du treibst, und er war draußen ... Er sprach mit einem andern und sie sind hereingekommen ... Sie sind mir vor allem deshalb aufgefallen, weil du nicht da warst, und ich darauf gefaßt war, dich zu sehen.«
Mir kommt ein Gedanke... Ich gehe schnell in den hinteren Teil des Lokals. Wenn es der gleiche wäre... Ich sehe mir den Kerl an. Er ist mausetot, er muß etwas getrunken haben, das nicht sehr gut war, denn sein Gesicht hat eine ziemlich originelle Farbe. Aber es ist nicht der, der mir eine Zigarette angeboten hat. Vielleicht ist es sein Kumpel... Vielleicht sind es diese beiden, die Gary hereinkommen sah. Ich gehe zurück, um ihn nach anderen Einzelheiten zu fragen, aber ich sehe den roten Lichtschein der Scheinwerfer der Polizei und ich höre eine Sirene. Nur einmal kurz und leise. Sie verschonen uns. Sie kommen herein. Zwei Bullen in Uniform und einer in Zivil, der aussieht, als sei er nicht richtig wach. Er

drückt Kilian die Hand. Das muß der besagte Defato sein. Gleich darauf kommen noch zwei andere. Einer von ihnen hat eine schwarze Verbandstasche und ein verwundertes Pferdegesicht, der andere muß Fotograf sein. Sie gehen an der Bar vorbei, folgen den beiden aufgetakelten Bullen. Das läßt sich gut an, das geht wenigstens schnell.

Es geht noch schneller als ich dachte. In einer halben Stunde ist alles vorbei, sie haben unsere Namen aufgeschrieben, unsere Adressen und unsere Aussagen und sind unter Mitnahme des Geflügels wieder nach Hause gefahren.

»Beziehungen haben ist was Schönes«, sage ich zu Kilian.

Er lächelt. Der gute, dicke Lem sieht ganz aufgemöbelt aus und er spendiert uns eine Runde. Douglas kann sich nicht mehr auf den Beinen halten, und es bleibt ihm gerade noch genügend Klarheit, um hinauszugehen. Was er mit seinem Schlitten machen wird, geht niemanden was an, und das ist auch besser so. Wir gehen ebenfalls hinaus.

»Soll ich Sie bei Ihnen zu Hause absetzen?« sage ich zu Sunday Love. Sie sieht mich an und ganz sicher will sie mir mit den Augen etwas zu verstehen geben, aber ich bin überhaupt nicht intelligent und begreife nichts und so setze ich sie als erste ab. Denn ich muß mit Gary reden.

Wir sagen ihr beide Auf Wiedersehen und sehen ihr nach, wie sie ins Haus geht. Sie lächelt uns trotzdem lieb zu und verschwindet hinter der glanzlosen Tür des Wohnhauses. Es ist heller Tag und ich fühle mich etwas schläfrig. Gary hingegen scheint frisch zu sein wie eine Rose. Doch sobald wir allein sind, dreht er sich mir ängstlich zu, gespannt wie eine Gitarrensaite.

»Rock… Wo hast du dir denn das da geholt?«

Auch er hat meine Beule gesehen, man hätte wirklich kurzsichtig sein müssen, um sie nicht zu sehen. Ich lenke den Schlitten dem Stadtausgang zu, ein Gang über den Strand von Santa-Maria wird uns guttun, und außerdem werden wir um diese Zeit ruhig miteinander reden können.

»Es ist ein Geschenk«, sage ich. »Von jemandem, den ich nicht kenne.«
»Wo? Wann?«
»Zuerst eine Frage«, sage ich. »Kommen wir zu den beiden Burschen zurück, die du ins Zooty gehen sahst. Der eine von ihnen war der Tote. War der andere kräftig, mit unangenehmer Visage, beigem Anzug und weißen Schuhen?«
»Ja«, sagte Gary nach einer Weile.
»Und eine Krawatte ein wenig wie deine?«
Mechanisch rückte er seinen Knoten zurecht.
»Ja«, sagte er.
»Gut, dann erzähle ich dir jetzt, was mir passiert ist.«
Ich berichte ihm, wie mich der Kerl, den ich an seiner Beschreibung erkannt habe, mit Drogen betäubt hat. Wie sie mich in einen Raum gebracht haben, in dem ich mich völlig nackt wiederfand. Ich erzähle ihm von dem schönen Mädchen und von der Behandlung, der ich dann unterzogen wurde, von dem Schlag mit dem Gummiknüppel und schließlich von Andy Sigman.
Gary hört zu, ohne mich zu unterbrechen, und als ich fertig bin, sagt er eine Weile gar nichts. Und dann schaut er plötzlich aus dem Wagenfenster und fährt hoch.
»Wo fährst du denn auf diesem Weg hin?«
»Glaubst du nicht, daß uns ein anständiges Bad guttun wird?«
»Ein anständiges Bad, aber du bist ja bescheuert, Rock«, sagt er zu mir. »Es ist nicht der richtige Augenblick, herumzualbern. Laß mich ans Steuer.«
Wir haben also die Plätze getauscht, und ich bitte, mir zu glauben, daß Gary ganz schön aufs Gaspedal trat. Das hinderte ihn allerdings nicht am Reden.
»Weißt du, wer der Tote bei Lem ist?«
»Woher soll ich das wissen?«
Ich weiß nur, daß es ein großer, blonder Bursche war, mit wahrscheinlich blauen Augen; aber so, wie er sich präsentierte, war es besser, wenn man anderswohin schaute.

»Es war Wolf Petrossian«, sagt Kilian. »Deshalb ist auch alles so schnell gegangen. Defato suchte ihn schon seit einer ganzen Weile, und sogar so war er froh, daß er ihn gekriegt hat.«
»Wer ist Wolf Petrossian?« sage ich. »Ich habe nie etwas von diesem Burschen gehört.«
»Ein komischer Heiliger«, murmelte Kilian. »Er hat schon alle Berufe ausgeübt... Er ist einer der wenigen Burschen, die ich kenne, der ein ganzes Kloster ausgenutzt hat.«
»Einfach so, Herrgott?« sage ich.
»Unter dem Vorwand, einen Trickfilm über das Leben des heiligen Martin zu machen«, sagt Gary Kilian. »Er hatte seinen ganzen Zwischenhandel von Nonnen abwickeln lassen. *Gratis pro deo* natürlich ... Aber ansonsten war er einer der größten Drogenhändler der Küste ...«
»Und?«
»Und ich frage mich, wer ihn umgelegt hat ... und da es nur eine ganz beschränkte Anzahl von Möglichkeiten gibt ... wird sofort nachgeprüft ... Hast du heute morgen was vor?«
»Nein ...«
»Na schön, Rockylein, dann werden wir mal ein bißchen Detektiv spielen ...«
»Aha ...«, sage ich ohne Begeisterung.
Die Filme Bogarts haben mich gelehrt, daß man in diesem Beruf häufiger eins auf die Birne kriegt, als man selber austeilt, aber ich will bei Gary natürlich nicht den Anschein erwecken, daß ich Schiß habe.
»Wir werden uns schön amüsieren«, sage ich.
Ich zwinge mich zu einem entzückten Lächeln. Aber offensichtlich scheint er das nicht zu erwarten.
»Weißt du«, sagt er, »das kann vielleicht riskant für uns werden. Die Sache ist nicht immer ungefährlich.«
Diesmal prahle ich ganz offen und ich schnalze mit den Fingern.
»Ach was. Die kriegen wir doch so.«
»Wen kriegen wir denn?« fragt er arglistig.

»Na ja ... Ich weiß auch nicht ... du hast doch eine Vorstellung, oder nicht?«
»Ja«, sagt Gary zu mir ... »Eine Vorstellung habe ich schon, und nicht nur eine.«
Und dann sind wir vor dem Polizeigebäude angekommen, und ich erteile Gary das Wort, der Ihnen die Fortsetzung lieber auf seine Weise erzählt. Eigentlich nicht genau die Fortsetzung, denn er wird Ihnen sagen, was passierte, als Defato und der Krankenwagen mit Petrossians Leiche das Zooty Slammer verließen ... Er hat das alles von Defato.

Der Überfall auf den Leichenwagen

Das Leichenauto fuhr als erstes an, eingerahmt von den beiden motorisierten Bullen. Der Wagen von Lieutenant Defato folgte. Defato, der jetzt hellwach war, dachte gerührt an das schöne, warme Bett, das er gerade verlassen hatte und das er wieder aufsuchen würde und warf sich zufrieden in die Polster zurück. Perry fuhr, und Lynn saß vorne neben ihm. Die Büros der Polizei lagen ziemlich weit vom Zooty Slammer entfernt, und Perry fuhr so schnell er nur konnte. Der Verkehr war noch nicht allzu dicht.
Als sie hinter Flower Street abbiegen wollten, um in Richtung Norden weiterzufahren, gab es einen heftigen Knall und den unpersönlichen Krach einer Maschinenpistole. Der Wagen machte einen Satz auf seinen Rädern, und Defato ließ sich augenblicklich zwischen Hintersitz und Vordersitz fallen. Er hörte Perrys Wimmern und gleichzeitig das matte Klirren der zersplitterten Wagenfenster. Lynn war schon draußen und schoß. Die beiden Bullen hatten ganz übel eins auf den Deckel gekriegt, und der Fahrer des Leichenautos

knallte mit der Nase aufs Steuer. Er stellte ein seliges Lächeln zur Schau, denn der Feuerstoß hatte ihm den größten Teil des Unterkiefers weggerissen. Defato rührte sich nicht und er hörte das armselige Klicken von Lynns Colt. Dieser schien die Angreifer des Leichenwagens zu stören, denn es gab einen neuen Kugelhagel, und Defato vernahm das Scheppern des zerfetzten Blechs und den dumpfen Einschlag des Bleis in Perrys Körper. Er merkte, daß Lynn verwundet war, denn ein gedämpftes Röcheln ertönte in der Nähe seines Kopfes, nur schwach vernehmbar wegen der Dicke der Wagentür und des Wagenbodens. Dann heulte draußen ein Motor auf, Wagentüren schlugen zu, und man hörte das Durcheinander beunruhigter Stimmen. Defato richtete sich wieder auf. Er wischte sich seine schweißgebadete Stirn ab. Er merkte jetzt auch, daß die Sirene des Wagens während des ganzen Angriffs geheult hatte. Andere Sirenen ertönten: die Verstärkung kam zu spät. Er richtete sich wieder auf, öffnete die Tür und stürzte zum Leichenwagen. Die Tür stand offen und Wolf Petrossians Leiche lag nackt und übel zugerichtet auf der Fahrbahn. Einige Teile seiner Kleidung lagen verstreut auf dem Boden neben ihm. Defato zog erstaunt die Augenbrauen hoch und wandte sich an die Männer der zweiten Patrouille, die die Stücke ihrer beschädigten Kollegen auflasen. Lynn bewegte sich noch ein wenig. Seine Hand wühlte im Innern seines blauen Dolmans mit den goldenen Knöpfen und fiel rot bis zum Handgelenk herab. Defato preßte die Zähne aufeinander.

Ohne eine Minute zu verlieren, winkte er einen der Polizeiwagen heran und stieg ein. Einige Augenblicke später saß er an seinem Schreibtisch und gab mit harter Stimme Befehle. Das Haustelefon klingelte. Man meldete ihm Gary Kilian und Rock Bailey.

»Schicken Sie sie herauf«, sagte er.

Die Kabine hat damit zu tun

Etwas entmutigt von dem, was wir gerade erfahren hatten, kamen wir aus Nick Defatos Büro. Gary schien nachdenklich.

»Wie Nick sagt, war nichts in Petrossians Taschen. Auf jeden Fall nichts Interessantes.«

»Das habe ich auch mitgekriegt«, sage ich.

»Ein Glück, daß er ihn im Zooty Slammer gründlich gefilzt hat«, sagt Gary.

»Das kommt drauf an«, sage ich. »Wenn sie nämlich nicht gefunden haben, was sie suchten, wirds vielleicht zu einem andern Zeitpunkt Krawall geben.«

»Was meinst du?«

»Wolf ist in einer Telefonkabine gestorben«, sage ich. »Ich meine, wenn er etwas Kompromittierendes zu verstecken hatte, dann ist das ein idealer Ort.«

»Ich kann dir nicht folgen«, sagt Gary.

»Er muß was geahnt haben«, sage ich. »Nach der Geschwindigkeit zu urteilen, mit der diese Bande handelt, hat er bestimmt, falls er Dokumente oder Drogen oder was auch immer an Kompromittierendem bei sich trug, versucht, es so schnell wie möglich loszuwerden. Und hinterher ist er umgelegt worden, aber ich glaube nicht, daß der Mörder zu der Bande gehört.«

»Warum nicht?« sagt Gary.

»Es ist ein anderer Stil«, sage ich.

Er sah mich argwöhnisch an.

»Mein lieber Rock, wenn du mit solchen Vorstellungen in dieses Metier einsteigst, dann stehen dir möglicherweise Enttäuschungen bevor: wir wissen nicht, ob die Leute, die Petrossian getötet haben, nicht zur gleichen Organisation gehörten, wie die, die dich entführt haben, und wir wissen nicht, ob sie nicht das gefunden haben, was sie suchten.«

»Das hat doch weder Hand noch Fuß«, sage ich. »Petrossian wurde mit einer Droge umgebracht. Zwei Stunden danach raubt man seine Kleider, und zwar ganz eindeutig, um sie zu filzen. Dann sagt uns Defato, daß nichts mehr drin war. Ich mache mir darüber so ein paar Gedanken. Ich werde sie dir ganz langsam vorkauen, weil du etwas schwer von Begriff bist.«

Wir waren im Flur vor Nicks Büro stehengeblieben, und Gary zog mich mit.

»Komm«, sagt er, »wir gehen zur Vermißtenabteilung. Mir ist auch ein Gedanke gekommen. Aber sprich weiter.«

»Zunächst einmal«, sage ich, »war der Mörder bereits weg, als Wolf gestorben ist. Er ist nämlich vergiftet worden. Und Wolf hat in der Kabine nichts getrunken. Also muß er an der Bar oder an einem Tisch getrunken haben. Er ist telefonieren gegangen und dort ist er dann ganz allein gestorben. Folglich hat der Mörder ihn nicht durchsucht.«

»Nicht dumm«, sagt Gary.

»Dann gesteht uns Defato, daß er nichts bei sich hatte. Und ein Bulle kennt sich im Filzen aus.«

»Zugegeben«, sagt Gary.

»Drittens, die Leute, die den Leichenwagen angegriffen haben, haben das nicht wegen nichts getan. Also wußten sie, daß immerhin was zu suchen war. Viertens wette ich zehn gegen eins, daß Petrossian telefonierte und daß er ihnen die Sache geben wollte. Er ist während des Telefonierens gestorben. War der Hörer in der Kabine, in der er gestorben ist, abgenommen?«

»Ja«, sagt Gary.

»Gut. Das beweist, daß er keine Zeit mehr hatte, ihnen zu sagen, daß er die Sache versteckt hatte und wo er sie versteckt hatte. Kannst du mir folgen? Ist dir klar, warum?«

»Ja«, sagt Gary. »Wenn er es ihnen gesagt hätte, hätten sie nicht die Leiche geraubt. Dann wären sie direkt ins Slammer gegangen.«

»Du hast es erraten«, sage ich.
Gary sah mich an. Ich war von diesem Blick geschmeichelt. »Junge«, sagt er, »ich bin wirklich erstaunt. Mit der Beule, die du am Schädel hast, zu einem solchen Ergebnis zu kommen ... Das nenne ich Sport.«
»Es ist genau das, was mich wach gemacht hat«, sage ich. »Wir würden gut daran tun, schleunigst ins Slammer zu fahren, bevor sie die gleiche Schlußfolgerung ziehen wie wir.«
»Verdammt nochmal«, sagt Gary ... »Ich wollte in der Vermißtenabteilung jemanden aufsuchen ... Wir sind gerade hier ... das ist dumm.«
»Es ist eine Frage von Minuten«, sage ich. »Sollen wir Defato Bescheid sagen?«
»Versuchen wir herauszufinden, was es ist«, sagt Gary. »Wir werden eben später wieder herkommen. Laß uns abzischen.«
Der Aufzug steht da. Wir stürzen hinein ...
»Mit Volldampf«, sagt Gary zum Liftboy ...
Er hält ihm einen Dollar hin, und in Nullkommanichts sind wir unten. Ich laufe, und Gary folgt mir. Ich starte wie im Sturm. Es gelingt mir, die grüne Welle zu erwischen, und auf dem ganzen Weg sehen wir nur grün. Ich halte direkt hinter dem Zooty. Es ist geschlossen, und ich gehe durch das Haus hinein, in dem sich die Bar befindet und dessen Eingang direkt vor dem Wagenschlag ist. Ich habe ein Mordsschwein: Lem ist da und schwatzt mit dem Pförtner.
»Lem«, sage ich zu ihm, »kann ich durch die Seitentür rein? Es ist sehr wichtig.«
Er sieht mich an, rollt mit den Augen, ein wenig bestürzt, und hält mir den Schlüssel hin.
»Sie können beruhigt sein«, sage ich, »es dauert nur eine Minute.«
Ich brauche keine zehn Sekunden, bis ich die Kabine erreicht habe. Es herrscht ein unheimliches Halbdunkel und es riecht so nach kaltem Tabakrauch, daß man krank davon werden könnte. Ich vermeide es, mich umzusehen. Der Hauptschal-

ter ist unterbrochen, und ich zünde ein Streichholz an, um etwas klarzusehen. Ich schaue hinter den Apparat und verdrehe mir dabei den Kopf wie ein Hungerleider. Ich glaube, es ist nichts dahinter. Verflixt. Kein anderer Platz. Ich denke nach, ich bücke mich.
Unter dem Brett, an den vier Ecken mit Kaugummikügelchen festgeklebt, ist ein Umschlag.
Im gleichen Augenblick, in dem ich ihn abmache, höre ich, wie vor der Tür mit lautem Reifenquietschen ein Auto hält. Ich flitze los wie ein Wiesel und es gelingt mir, eine noch bessere Zeit herauszuholen als auf dem Hinweg. Die Außentür zersplittert genau in dem Moment, in dem ich die andere wieder zumache. Ich werfe Lem, der dort auf mich wartet, den Schlüssel zu.
»Verdrücken Sie sich«, sage ich zu ihm.
Ich flitze los und erreiche spornstreichs den Ausgang. Gary hat mich gesehen, und zum Glück ist der Wagenschlag offen geblieben. Ich renne los, und er braust genau in dem Augenblick ab, in dem mein Hintern mit dem Polster Kontakt aufnimmt. Das macht etwas Lärm auf der Straße, aber ich glaube, daß sie uns nur für zwei Kerle halten, die Angst bekommen haben, denn es passiert nichts. Sie schießen nicht auf uns.
»Ich habe es«, sage ich zu Gary. »Es ist ein Umschlag.«
»Wirklich? …«
Seine Miene verfinstert sich und er schaut in den Rückspiegel. Er tritt stärker aufs Gaspedal und wir werden gegen die Sitzlehne geschleudert. Der Wagen nimmt im Affenzahn eine Kurve, und fast sofort darauf hält Gary.
»Steig aus«, sagt er, »beeil dich.«
Er selber tut das gleiche und er ruft ein Taxi, noch bevor ich Zeit gehabt habe, zu ihm zu laufen. Wir steigen beide ein, und er gibt dem Fahrer seine Adresse.
»Warum nicht die meine?« sage ich.
»Es gibt nur zwei Möglichkeiten«, sagt er. »Entweder sie haben dich gesehen und, na ja, oder aber es sind Freunde von

Petrossian, und sie wissen, wer du bist, weil sie dich nicht zufällig entführt haben.«
»Einverstanden«, sage ich mit einem Blick des Bedauerns auf meinen Wagen.
»Unter diesen Umständen ist es wohl besser, wenn wir nicht zu dir gehen, weil sie uns dort aufspüren könnten. Oder aber sie kennen keinen von uns beiden. Und dann ist es doch wohl gleichgültig, ob wir zu dir oder zu mir gehen.«
Ich nicke zum Zeichen des Einverständnisses und ziehe den Umschlag aus der Tasche. Gary reißt ihn am Rand auf. Kinder, wenn ihr sehen würdet, was in diesem Umschlag ist.

Künstlerische Fotos

Gary holt die Fotos eins nach dem andern heraus und hält sie mir hin. Er ist etwas blaß und preßt die Zähne zusammen. Er schluckt mühsam.
Beim vierten hört er auf und gibt mir den ganzen Packen zurück.
»Behalt das«, sagt er. »Ich kann nicht.«
Ich mache weiter. Ich muß gestehen, daß man ein gesundes Herz haben muß. Unter uns, ich war auf die üblichen obszönen Fotos gefaßt. Aber es sind keine obszönen Fotos. Herr! nein!... Daß man solche Fotos überhaupt kaltblütig machen kann!
Die beiden ersten sind Operationsfotos. Ovarektomie dürfte wohl der wissenschaftliche Ausdruck sein. Aber keine Rede von weißen Laken, um das Operationsfeld einzugrenzen. Alle Einzelheiten werden gezeigt.
Was die andern angeht, so sind sie noch schlimmer. Ich kann sie euch nicht beschreiben, ich hätte mir nie träumen lassen, daß man menschliches Fleisch so verschnippeln kann.

Einen Augenblick lang schweigen wir still. Gary brummt ein wenig, dann räuspert er sich und sagt zu mir:
»Grund genug, den Täter auf den elektrischen Stuhl zu bringen und eine schöne Anzahl von Zwischenhändlern in den Knast.«
»Glaubst du nicht, daß es sich um gewöhnliche chirurgische Operationen handelt?« sage ich …
Er lacht, aber es ist ein Lachen ohne Fröhlichkeit.
»Ich habe einige von ihnen gesehen«, sagt er. »Das hat einen Namen. Das ist schlicht und einfach Vivisektion. In den Laboratorien tut man das mit Affen und Meerschweinchen, aber ich glaube nicht, daß ich welche kenne, mit denen man solche Sachen tut, wie auf den beiden letzten, die ich dir zurückgegeben habe.«
»Du solltest dir die andern ansehen«, sage ich.
»Danke«, murmelt Gary. »Das ist überhaupt nichts für mich.«
Er überlegt.
»Das kommt von dort, wo man dich heute nacht hingebracht hat«, versichert er. »Du hast mir erzählt, es sei so was wie ein Operationssaal?«
»Ja.«
»So viele heimliche Operationssäle gibt es bestimmt nicht …«, versichert er.
»Es gibt eine ganze Menge mehr oder weniger anerkannter Privatkliniken«, sage ich. »Die Entziehungskliniken, die Klappsmühlen voller … na ja, du weißt schon, was ich meine.«
»Rock«, sagt er zu mir, »wir müssen unbedingt wissen, wo du heute nacht hingebracht worden bist. Ich habe dir vorhin gesagt, ich hätte eine Idee, und wir werden später nachprüfen, ob es eine gute Idee ist, aber wir haben noch eine Chance.«
»Welche?« sage ich.
»Hast du nicht die Männer gesehen, die vorhin zu Lem gekommen sind?«

»Dazu habe ich keine Zeit gehabt.«
»Wenn sie nichts gefunden haben, und wir wissen, daß sie nichts gefunden haben, weil wir ja den Briefumschlag haben, werden sie bei dir vorsprechen.«
»Dann gute Nacht für die Möbel«, sage ich.
»Wir werden zu dir nach Hause fahren, und du wirst versuchen, sie zu sehen. Wenn wir weiterhin Glück haben, kannst du vielleicht sehen, ob einer von ihnen der Bursche ist, der dir heute nacht das Rauschgift verabreicht hat.«
»Das hieße, zu großes Schwein haben ...«, sage ich.
»Nein...«, sagt Gary. »Wenn es die gleiche Bande ist, schicken sie wahrscheinlich lieber einen Kerl hin, der dich kennt.«
Gary beugt sich vor und gibt dem Fahrer neue Anweisungen.
»Und wenn sie schon da sind und er hinaufgegangen ist?« sage ich.
Er lächelt.
»Hab keine Angst, ich werde nicht von dir verlangen, daß du hinaufgehen sollst.«

Wir treffen Kumpels

Wir haben vor dem Gebäude haltgemacht, in dem ich ein Appartement bewohne, und warten. Sie sind noch nicht gekommen, denn kein Wagen parkt hier. Seit einer Minute sieht Gary mich ganz merkwürdig an.
»Sag mal«, sagt er zu mir, »erinnerst du dich noch an deine Überlegung von vorhin?«
»Ja«, sage ich, noch ganz stolz, aber ein wenig beunruhigt wegen seiner Augen.
»Was beweist dir denn, daß die, die Defato überfallen haben und die, die ins Slammer gekommen sind, zur gleichen Bande gehörten?«

Ich denke ein wenig darüber nach. Und mir wird klar, was er meint. Petrossians Mörder gehört zwangsläufig zu einer rivalisierenden Gruppe... Wenn es Petrossians Freunde sind, die versucht haben, in den Besitz seiner Leiche zu kommen, dann sind es vielleicht die Freunde seines Mörders, die das Zooty Slammer überfallen haben. So ist es wohl, oder umgekehrt, aber es ist sehr gut möglich, daß zwei verschiedene Gangs die beiden Coups gelandet haben. Ich kratze mich am Kopf.

»Mir ist schon klar, was du meinst«, sage ich zu Gary.

Und das klingt noch weniger lustig. Er nickt und öffnet fast gleich darauf die Wagentür und steigt aus. Im Rückspiegel ist ein Wagen aufgetaucht. Er verlangsamt das Tempo und fährt wieder weg. Falscher Alarm. Gary streckt den Kopf durch die Wagentür zu mir herein.

»Ich bleibe dort im Hauseingang stehen«, sagt er zu mir und zeigt auf das Haus, vor dem wir stehen. »Wenn wir zu zweit im Taxi warten, sieht das verdächtig aus. Und du mußt dableiben, um zu sehen, ob du den Kerl erkennst, der dir das Rauschgift gegeben hat. Denn wenn jemand kommt, dann können es nur diese Burschen sein, die einzigen, die dich kennen. Die Frage ist nur die, sind sie *für* oder *gegen* Petrossian.«

»Geh schon«, sage ich. »Dort kommt ein anderer.«

Er geht ins Gebäude und aus den Augenwinkeln beobachte ich die Burschen, die herankommen. Diesmal fahren sie an uns vorbei und halten abrupt vor meiner Wohnung. Sie gehen ins Haus.

Ich erkenne keinen von beiden. Doch als ich mich etwas vorbeuge, stelle ich fest, daß im Auto außer dem Fahrer noch einer im Fond sitzt. Es sind also insgesamt vier.

Was soll ich tun, damit ich das Gesicht dieses Kerls sehe? Nie habe ich mir so den Kopf zerbrochen. Da kommt mir eine Idee.

»Sagen Sie mal«, sage ich zu dem Taxifahrer, »wollen Sie sich zusätzlich fünf Dollar verdienen?«

»Das kommt drauf an ...«, sagt er.
Er hat unsere Unterhaltung nicht hören können. Vielleicht hat er gehört, was wir gesagt haben, seitdem das Taxi steht, aber da hat er wohl nicht viel mitgekriegt.
»Hören Sie zu, alter Junge«, sage ich zu ihm, »ich möchte das Gesicht von dem Herrn sehen, der in diesem Wagen sitzt. Sie steigen also aus, öffnen höflich seine Wagentür und sagen ihm, daß er einen Platten hat. Einverstanden mit fünf Dollar?«
»Aber seine Reifen sind doch in bester Ordnung ...«, sagt der Mann.
»Gut ... Das mag zwar stimmen, aber er weiß es ja nicht.«
»Und wenn der Fahrer aussteigt?«
»Dann haben wir eben Pech gehabt«, sage ich, »aber das gilt nicht für Sie. Doch es ist kaum anzunehmen, daß der Fahrer seinen Platz verläßt.«
Er kratzte sich am Kopf.
»Also gut, ich gehe«, sagt er.
Er steigt aus, öffnet den Wagenschlag des andern. Es ist ein grauer Chrysler, eine Limousine. Er sagt etwas zu ihm. Zum Glück für ihn ist ein Reifen tatsächlich ein wenig schwach. Er kommt zurück, ich halte den Atem an. In diesem Augenblick kommt Gary die wenigen Stufen der Freitreppe herunter und steigt wieder ins Taxi, während der andere Bursche aus dem Auto steigt.
Mein Gott... er ist es. Ich verkrieche mich im Taxi, aus Angst, er könne mich erkennen, und ich sage zum Fahrer: »Los, fahren Sie uns nach...« Mir fällt nichts ein und ich sage das erstbeste, was mir in den Sinn kommt.
»Hollywood Boulevard. Ins Mexico.«
Das ist nicht hier. Aber der Fahrer sagt keinen Ton und fährt an.
»Merk dir ihre Nummer ...«, sage ich zu Gary und verpasse ihm einen kräftigen Rippenstoß mit dem Ellbogen.
Er dreht sich um, sieht durch die Rückscheibe und schreibt etwas in ein Notizbuch.

»Er war es«, sage ich zu Gary.
»Gut«, sagt er nur. Dann, sich an den Fahrer wendend: »Sagen Sie mal, mein Freund, wissen Sie, wo die Vermißtenabteilung ist? Dann fahren Sie uns schnellstens hin.«
Der Mann drückt aufs Gaspedal, schlängelt sich wie eine Ratte überall durch, und schon sind wir zum zweiten Mal an diesem Morgen dort. Allmählich erinnere ich mich, daß ich in der Nacht nicht geschlafen habe. Aber Gary ist frisch wie ein Ei vom selben Tag, und sein Querbinder ist bewegter denn je.
Wir steigen aus und ich gebe dem Fahrer zwanzig Dollar. Er nimmt sie mit dem größten Vergnügen, aber im Grunde braucht er nicht zu wissen, daß er sein Leben aufs Spiel gesetzt hat.
»Weißt du«, sagt Gary zu mir, während wir zum zehnten Stockwerk hinauffahren, »diese Burschen haben keinen Schiß. Die ganze Polizei von Los Angeles ist hinter ihnen her, und sie fahren weiterhin in der Gegend herum, ohne sich auch nur den geringsten Zwang anzutun.«
»Das bringt mich auch auf den Gedanken, daß es zwei Banden gibt«, sagt Gary. »Dieselben hätten bestimmt nicht den Schneid gehabt, sich alle diese Geschichten an einem einzigen Morgen zu leisten.«
»Auf jeden Fall frage ich mich, in welchem Zustand ich meine Siebensachen finden werde«, sage ich mürrisch.
»Wahrscheinlich etwas durcheinander geraten«, grinst Gary, dieser Schuft.
Ich folge ihm ins Büro, in dem ein alter Knabe in Uniform Akten durchsieht.
»Guten Morgen, Mac«, sagt Gary zu ihm.
»Guten Morgen, Kilian«, sagt der Mann. »Kann ich etwas für Sie tun?«
»Ich möchte die Fotos der letzten zwanzig Mädchen, die in Los Angeles und Umgebung verschwunden sind«, sagt Gary.

Mac steht auf und zieht die obere Schublade einer der Metallaktenschränke auf, die sein Büro schmücken.
»Bis zur letzten Woche sind sie auf dem letzten Stand«, sagt er. »Aber seitdem gibts nichts Interessantes mehr. Seht selbst nach. Sie sind in chronologischer Reihenfolge eingeordnet. Es gibt noch ein alphabetisches Register, falls euch das lieber ist.«
»Nein, die reichen«, sagt Gary. »Komm, Rocky, ich brauche dich.«
Wir betrachten aufmerksam die sechs ersten Fotos. Und beim siebten packe ich Gary am Arm.
»Hör zu«, sage ich zu ihm, »das geht alles viel zu schnell. Du würdest besser daran tun, mich zu schonen, denn bei diesem Tempo bin ich übergeschnappt, noch bevor ich meine Weisheitszähne bekomme.«
Denn das Mädchen, das uns auf dem Foto so schön anlächelt, ist unbestreitbar die hübsche Puppe, die mir gerade erst in dieser Nacht unanständige Dinge vorgeschlagen hat.
Sie ist es wirklich, daran gibt es nicht den Schatten eines Zweifels. Ich erkenne ihre blonden Haare, ihre schön geschwungenen Lippen, ihre gerade und feine Nase und ihre großen, blauen Augen. Ich weiß, daß sie blau sind, denn ich habe sie so nahe vor mir gesehen wie die von Gary in diesem Augenblick. Und die von Gary sehen mich fragend an.
»Die hier«, sage ich nur zu ihm.
»Na ja, Alter, du bist ganz schön anspruchsvoll«, gibt er mir zur Antwort, ohne sich zu wundern, wobei er das hübsche Gesicht dieser erstklassigen Puppe bewundert.
»Wer ist es?« sage ich.
Er dreht das Foto um und liest das maschinengeschriebene Karteiblatt.
»Bérénice Haven, neunzehn Jahre alt. Sie ist seit zehn Tagen verschwunden.«

»Ihre Eltern glauben an eine Flucht«, erklärt uns der Alte, der zu uns herüber gekommen ist. »Sie war tanzen gegangen und ist nicht mehr heimgekommen. Wir haben diese Woche noch eine andere, die genau unter den gleichen Umständen verschwunden ist.«

Er zeigt auf das vierte Foto des Stapels.

»Cynthia Spotlight, die Tochter des Commodore W. Spotlight. Ebenfalls ein bildhübsches Mädchen. Auch sie hatte sich mit Freunden in einer Nachtbar getroffen.«

»Aber in den Zeitungen stand weder von der einen noch von der andern etwas«, sage ich, »während ich hier die Fotos von Phyllis Barney und Leslie Daniel sehe, deren Personenbeschreibungen in allen Zeitungen der Gegend zu finden waren. Wie ist das möglich?«

»Das ist auf ausdrücklichen Wunsch der Eltern«, sagt Gary. »Du kannst sicher sein, daß Mister Haven und Commodore Spotlight sehr wohlhabende Leute sind und daß sie eine ganz schöne Stange Geld hingelegt haben, um einen Skandal zu vermeiden.«

»Aber das ist doch idiotisch«, sage ich. »Und wenn sie entführt worden sind?«

»Die Polizei sucht sie sowieso«, sagt der Mann zu mir.

Ich lasse Gary noch einige Auskünfte aufschreiben, dann verlassen wir das Büro.

»Verstehst du«, sagt Gary zu mir, »für die Eltern ist das sehr gefährlich, wenn sie überall ausposaunen, daß ihre Kinder abgehauen sind, falls sie die Absicht haben, sie mit Leuten der guten Gesellschaft zu verheiraten.«

»Gut«, sage ich. »Was tun wir jetzt? Meinst du nicht, es wäre besser gewesen, wenn wir diesem widerlichen Schwein, das mir sein vergiftetes Kraut zu rauchen gegeben hat, auf der Spur geblieben wären?«

»Denkste!« sagt Gary zu mir. »Wenn du Lust hast, dich im Straßengraben wiederzufinden, die Nasenlöcher voller Gänseblümchen, dann ist es genau das, was du tun mußt. Weißt

du, Junge, ich habe nicht die Absicht, auf diese Weise Detektiv zu spielen. Hör zu. Du hast bestimmt Hunger. Geh jetzt was essen, und dann treffen wir uns um zwei Uhr in meinem Büro im *Call* wieder. Ich versuche inzwischen an Hand des Nummernschildes herauszufinden, wo er herkommt.«
»Es ist bestimmt falsch«, sage ich.
»Glaube ich nicht...«, gibt er mir zur Antwort. »Dazu machen sie zuviele Dummheiten, als daß sie sich erlauben könnten, an allen ihren Autos falsche Nummernschilder zu haben. Es gibt ein viel sicheres Mittel, die Polizei reinzulegen.«
»Welches?«
»Ganz einfach, man muß echte Nummernschilder haben und ein wichtiger Herr sein«, sagt er. »Du kannst beruhigt sein. Die Hinweise, die wir so ziemlich überall an Land ziehen dürften, werden uns vielleicht zu einem Senator oder sogar zu einem Gouverneur führen, aber ganz sicher nicht zu Mister Smith oder zu Mister Brown.«
»Lassen wirs drauf ankommen«, sage ich. »Ich habe jedenfalls den Eindruck, daß wir besser daran getan hätten, ihnen zu folgen.«
»Hab keine Angst«, sagt Gary. »Selbst wenn ich mich irre, werden wir sie öfter sehen, als uns lieb ist ... Vergiß nicht diese schlichte kleine Tatsache.«
»Welche?« sage ich.
»Wir haben die Fotos.«
Mein Gott! ... er hat recht, dieses Rindvieh. Mir läufts kalt den Rücken runter.
»Was soll ich damit machen?« sage ich.
»Steck sie in einen doppelten Umschlag und schick sie an die Adresse, die ich dir angebe.«
Er kritzelt etwas in sein Notizbuch und reißt das Blatt heraus, das er mir hinhält.
»Und vor allem...«, fährt er fort, »geh jetzt nicht nach Hause. Geh essen, wohin du willst ... Bis nachher, Rocky.«
»Auf dein Wohl«, sage ich.

Ich weiß, was ich zu tun habe. Ich nehme ein Taxi. Ich hole mir meinen Schlitten zurück, der unbeschädigt ist. Ich steige ein und flitze zu Douglas Thruck. Unterwegs halte ich an der Post, gebe den Brief auf und präsentiere mich um Punkt ein Uhr bei Douglas.

Er pennt.

Ich flirte auf Teufel komm raus

Wenn ihr Douglas noch nie einen Besuch gemacht habt, dann habt ihr auch noch nie ein unaufgeräumtes Zimmer gesehen. Er wohnt in einem Hotel am Poinsettia Place, ungefähr in gleicher Entfernung von allen Hollywood-Studios, wodurch er sich erlauben kann, spät aufzustehen und keine Zeit zu verlieren, um seine idiotischen Artikel zu schreiben. Poinsettia liegt zwischen Wilshire Country Club und dem Stade Gilmore, es ist eine Gegend, in der es nicht lauter ist, als in der übrigen verdammten Stadt. Wenn ihr von dort kommt, wo ich herkomme, nehmt ihr die 2. Straße und den Beverly Boulevard, und das geht ziemlich schnell. Um auf Douglas zurückzukommen, ich finde ihn also in seinen Laken. Er ist völlig zusammengekrümmt und ein Arm ist eingeklemmt zwischen dem rechten Knöchel und dem linken Knie, wovon er bestimmt eindrucksvolle Träume bekommt. Es ist furchtbar heiß, ich habe das festgestellt, als ich ins Zimmer kam, und trotz des geöffneten Fensters würde man nicht meinen, daß man so nahe am Ozean ist. Er hat jetzt genug geschlafen. Ich gehe hinüber ins Badezimmer und lasse ein Glas voll Wasser laufen. Ich bin nicht bösartig, ich begnüge mich damit, Wasser aus der Leitung zu nehmen statt das aus dem Kühlschrank, und ich komme zurück, um es ihm über

den Kopf zu schütten, ohne auch nur im mindesten zu zögern. Er schneidet eine furchtbare Grimasse und wird wach, wobei er mit den Lippen einen Mordskrach macht.
»Zuviel Wasser im Whisky«, brummt er in den Bart, dann sieht er mich.
»Ach du bists, du gemeiner Hund!« sagt er.
»Du bist mir doch nicht böse, Douglas?« sage ich. »Eigentlich hätte ich dirs ja auch tiefer überschütten können.«
»Da kann man nichts machen«, murmelt er. »Du darfst mir glauben, ich habe alles versucht, sogar kaltes Wasser. Wie spät ist es?«
»Ich lade dich zum Mittagessen ein«, sage ich.
»Gut, gut...«, murmelt er. »Ich bekomme ein gegrilltes Steak mit Zwiebeln und Apfelkuchen.«
Ich will euch gestehen, warum ich Douglas aufgesucht habe. Vielleicht habt ihrs schon erraten.
»Sag mal«, mach ich ihm klar, »wir zwei allein, das wird ein bißchen triste sein ... Wie wärs, wenn du Sunday Love mal kurz anrufen würdest.«
Er sieht mich an.
»Für wen hältst du mich?« sagt er. »Für einen Menschenfleischhändler? Ich werde diese Unschuld nicht mehr oft deinen perversen Instinkten überlassen.«
Er greift trotzdem zum Hörer und ruft kurz an, und eine Viertelstunde später sitzen wir alle drei in einer großen Kneipe von Hollywood. Douglas bekommt sein gegrilltes Steak mit Zwiebeln und ich fange mit ein paar Eiern mit Chesterkäse an, weil ich den Eindruck habe, daß ich seit eineinhalb Jahren nicht mehr zu Mittag gegessen habe.
Sunday Love ist äußerst bezaubernd, und das Leben ist schön. Sie macht mich sofort an.
»Warum haben Sie sich gestern abend einfach so aus dem Staub gemacht?«
»Das war nicht gestern abend«, sage ich. »Das war heute morgen. Ich hatte eine dringende Verabredung.«

Sie betrachtet ungläubig meinen Kopf. Ich hatte vergessen, daß man das noch sieht.

»Ich an Ihrer Stelle«, sagt sie, »hätte es nicht so eilig. Das ist gefährlich.«

»Er ist ein Ruhestörer«, versichert Douglas. »Rock ist schon immer ein Ruhestörer gewesen und er wird immer ein Ruhestörer bleiben. Glauben Sie mir, Liebes ...«

Er neigt sich zärtlich zu Sunday Love herüber, den Mund voller gebratener Zwiebel. Sie stößt ihn zurück.

»Bilden Sie sich ja nicht ein, Sie könnten mich mit diesem Zwiebelgeruch verführen«, sagt sie. »Erzählen Sie mir lieber von Chanel.«

Douglas ärgert sich so gut wie nie. Er verschlingt sein Steak mit einer ansteckenden Lust, und es gelingt mir ganz knapp, ihn mit meinen Eiern in der Geschwindigkeit zu schlagen.

Ich sehe Sunday Love an, und sie sieht mich an, und mit Sicherheit finden atmosphärische Veränderungen statt, denn der Zusammenprall unserer Blicke ruft eine ganz deutliche Temperaturerhöhung hervor. Ich lasse meine Papierserviette fallen, und als ich mich bücke, um sie aufzuheben, stelle ich fest, daß es unter einem Tisch einen Haufen Dinge zu sehen gibt, vor allem, wenn man sie einem zeigen will, und daß Sunday Love nichts hat, was sie stört, um den großen Spagat zu machen oder Himmel und Hölle zu spielen.

»Ich bin kein Ruhestörer«, sage ich. »Ich weiß zwar, daß ich Sie im Stich gelassen habe, aber das geschah wirklich gegen meinen Willen. Ich bitte demütigst um Entschuldigung. Wie Sie sehen (ich zeige auf meinen Kopf), bin ich mich nicht amüsieren gegangen.«

Sie lächelt, und ich sehe, daß sie mir nicht böse ist, und das veranlaßt mich, mir ein doppeltes Steak mit Spinat zu bestellen. Ich werfe einen Blick um mich, während der Kellner meine Bestellung entgegennimmt, und während ich meinen Kopf nach rechts gedreht habe, klopft mir jemand auf die

linke Schulter. Ich drehe mich um wie von der Tarantel gestochen. Es ist ein anderer Kellner.
»Sie werden von einer Dame verlangt«, sagt er zu mir …
»Wo ist sie?« frage ich, ohne mich stören zu lassen.
»Sie ist dort.«
Er zeigt auf ein großes, schlankes Mädchen, das an der Tür steht und wartet.
»Was will sie von mir?«
»Es ist offensichtlich persönlich«, antwortet mir der Kellner. Er entfernt sich.
»Da haben wirs«, sagt Douglas zu mir. »Wohl wieder so eine Unglückliche, wie? Mein armes Kind«, fährt er fort und wendet sich an Sunday Love, »ich glaube, Sie werden sich mit meiner Gesellschaft begnügen müssen. Einmal mehr.«
Ich stehe auf. Ich nehme meine Hand von Sunday Loves Schenkel weg, und sie macht eine Bewegung, um mich zurückzuhalten, denn die Massage, die ich ihr verpaßt habe, ist sicherlich eine von der Art, die der Arzt ihr empfohlen hat.
»Haben Sie keine Angst«, sage ich, »ich komme wieder.«
Sobald ich bei der Unbekannten ankomme, beginnt sie ziemlich schnell zu sprechen. Sie ist nicht sehr hübsch, aber sie hat einen großen Mund und große, nicht unangenehme Augen.
»Haben Sie die Fotos?« sagt sie.
»Welche Fotos?«
»Sie wissen genau Bescheid. Ich wollte Ihnen nur dies sagen: entweder Sie geben uns die Fotos zurück oder aber wir sehen zu, daß wir sie uns selber holen. Sie wissen, wohin das Petrossian gebracht hat.«
»Auf jeden Fall hat Sie das nicht sehr weit gebracht«, sage ich, »denn Sie suchen sie ja noch immer.«
Darüber muß sie überhaupt nicht lachen. Sie schaut mir mitten ins Gesicht. Sie sieht ein wenig enttäuscht aus.
»Es tut mir leid für Sie«, sagt sie. »Sie waren ein schöner Junge.«

Glauben Sie mir, wenn es eine Zeitform gibt, von der ich auf den Tod nicht leiden kann, daß man sie gebraucht, um von mir zu reden, dann ist es die Vergangenheitsform.
»Ich habe die Absicht, das, was ich bin, noch für eine Weile zu bleiben«, sage ich selbstsicher.
Sie hat dafür ein kurzes, eisiges Lächeln übrig. Als sei ich ein kleiner Junge, der gerade eine Dummheit gesagt hat. Ich packe sie bei den Armen. Ich sehe sehr sanft aus, aber wenn ich will, kann ich sehr stark zudrücken.
»Kommen Sie und trinken Sie was mit uns«, sage ich. »Ich habe bezaubernde Freunde, denen ich Sie vorstellen will.«
Sie sträubt sich und versucht zu protestieren, aber meine Kraft und die ihre sind wirklich zweierlei. Ich sage das, ohne sie ärgern zu wollen. Ich schleppe sie zu unserem Tisch und sie setzt sich wohl oder übel zwischen Douglas und mich.
»Darf ich vorstellen«, sage ich. »Douglas Thruck, Sunday Love.«
Ich sehe sie fragend an.
»Cynthia Spotlight ...«, sagt sie
Ich schlucke zweimal, und es fehlt nicht viel, daß ich mich an meinem eigenen Speichel verschlucke. Das hat gerade noch gefehlt ... Wirklich, ein starkes Stück! ...
»Wie geht es Ihnen?« fragt Douglas mechanisch.
»Was trinken Sie, Cynthia? ...« sage ich mühsam.
»Hören Sie, Rock, ich habs wirklich sehr, sehr eilig«, sagt sie, »man wartet auf mich.«
Wenn ich hartnäckig bleibe, macht sie möglicherweise einen Skandal, und ich darf es nicht drauf ankommen lassen, daß sie einfach so abzieht.
»Gut ... ich will natürlich nicht, daß Sie meinetwegen zu spät kommen«, sage ich (so natürlich wie nur irgend möglich). »Ich werde Sie dort absetzen. Kommen Sie.«
Ich setze alles auf eine Karte. Ich stehe auf, sie steht auf, ich schnappe sie zum zweiten Mal am Arm und schleppe sie bis zum Schlitten. Ich bin wütend bei dem Gedanken an mein

Steak mit Spinat, aber noch viel wütender, als ich mich an das erinnere, was diese Schwachsinnige, die versucht, sich als Cynthia Spotlight auszugeben, vorhin zu mir gesagt hat.
Ein Wagen steht vor dem meinen und ein großer, dunkelhaariger Kerl sitzt drin, der mich für meinen Geschmack etwas zu aufdringlich anstarrt; er hat sich halb umgedreht und raucht, ohne sich im mindesten von der Stelle zu rühren. Ein anderer Wagen steht hinter meinem und ein anderer Kerl, schwarzhaarig und rot, der am Steuer sitzt, starrt mich noch aufdringlicher an als der erste. Warum sehen mich alle diese Kerle so scharf an? Ich spüre, wie mich das langsam nervös macht. Ich stoße die falsche Cynthia in den Wagen, schlage die Wagentür hinter ihr zu und setze mich im Eiltempo auf meinen Platz. Wenn man mir folgt, habe ich Pech gehabt. Ich weiß, was ich tun werde. Ich werde immer wütender, denn außer meinem Steak mit Spinat und dem, was sie zu mir gesagt hat, denke ich an Sunday Love, die ich wegen dieser dummen Kuh nicht lange genug sehen kann, um mich bei ihr zu rechtfertigen.
»Macht es Ihnen soviel Spaß, eine Ladung Blei in den Bauch zu bek ...?«
Ich schneide ihr das Wort ab, indem ich wie ein Wilder anfahre, und ich schere mich einen Dreck darum, ob man mir folgt oder nicht. Ich bin ganz schön sauer und fahre mit Volldampf zum erstbesten Polizeirevier. Ich halte direkt davor.
»Falls Ihre Freunde Lust haben, mich auf die Palme zu bringen«, sage ich, »sollen sie doch kommen. Inzwischen werden wir jedenfalls eine schöne kleine Unterhaltung miteinander haben. Wo kommen Sie her und wie ist Ihr richtiger Name?«
»Das geht Sie nichts an«, sagt sie. »Geben Sie mir die Fotos und es wird Ihnen nichts passieren. Andernfalls kommen Sie zu Petrossian ins Leichenschauhaus von Los Angeles. Das ist alles, was ich Ihnen zu sagen habe, und erwarten Sie ja nicht, irgendetwas Interessantes zu erfahren. Ich bin dumm und schlecht erzogen, und ich habe falsche Brüste.«

Ich sehe sie von der Seite an, und ich komme nicht umhin, mir klarzuwerden, daß sich dieses Mädchen nicht einfach einschüchtern läßt. Ich lege meinen Arm um ihre Schultern. Sie ist aufregend mit ihrem großen, frischen Mund und ihren hellgelben Augen.

»Was habe ich Ihnen denn getan, Schwesterchen?« sage ich. »Würde es Ihnen solchen Spaß machen, wenn mir ein Unglück zustieße? Sind Sie wirklich so boshaft?«

Sie lacht. Sie hat ein vulgäres Lachen. Was solls. Aber ihre Brüste sind echt.

»Versuchen Sie nicht, mir Lügenmärchen aufzutischen«, sagt sie.

»Wie wärs, wenn wir zusammen ins Kino gingen?« sage ich.

»Kommt nicht in Frage ...«, murmelt sie.

»Ich bin Ihnen sehr böse«, sage ich... »aber ich bin schon fast dabei, Ihnen zu verzeihen... macht Ihnen Ihre Arbeit eigentlich Spaß?«

»Ich werde dafür bezahlt.«

»Einverstanden ... aber man bezahlt Ihnen sicherlich nicht genug und Urlaub steht Ihnen auch zu ... Wollen Sie den nicht mit mir nehmen? Ein kleiner Vorschuß.«

»Oh!« sagt sie. »Sind Sie aber mal aufdringlich, Sie! ...«

Jetzt, wo mein Charme einmal wirken sollte, läßt er mich völlig im Stich. Ich würde viel drum geben, wenn ich die Visage Mickey Rooneys hätte. Bei meinem sprichwörtlichen Glück ist sie auch noch ein Mädchen, das auf Idioten steht. Ich nehme meine Hände von ihren Schultern und fahre wieder an, denn es ist nicht nötig, daß ich vor einem Polizeirevier stehe, um das zu tun, was ich tun werde.

Ohne sie anzusehen, frage ich sie nach einer Viertelstunde: »Wo haben Sie Cynthia hingebracht?«

Sie gibt mir keine Antwort. Ich mache mich bereit. Ich bin ungefähr am richtigen Ort angekommen: Gärten, wenig Leute. Ich biege in eine kleine, ansteigende Straße ein und halte an. Ohne Vorsicht zu rufen, packe ich sie und halte ihr mit einer Hand den Mund zu, während ich ihr mit der andern ein wenig den Hals zudrücke. Sie tritt mir ans Schienbein und ihr spitzer Absatz läßt mich vor Schmerz aufschreien, aber ich halte durch und sie beruhigt sich ein wenig, weil sie am Ersticken ist. In diesem Augenblick lockere ich meine Umklammerung und versetze ihr einen ganz kleinen Schlag auf den Kopf.

Sie läßt ihre Handtasche fallen und bleibt reglos. Ich nehme ihre Handtasche. Ich durchsuche sie. Es geht nicht anders. Es ist nicht lustig, aber es muß sein.

Sie hat nichts bei sich. Nichts in der vollsten Bedeutung des Wortes. Mir wird davon etwas warm hinter den Ohren und das macht mir Mut für Experimente; ich habe schließlich das Recht zu wissen, wie eine Frau beschaffen ist; und die Gelegenheit ist günstig, da sie sich so wenig rührt wie ein Bleilachs. Meine linke Hand fährt an ihren Beinen hoch, und über ihrem Strumpf spüre ich ihre warme, sanfte Haut und instinktiv suche ich die Stelle, wo es am wärmsten und am zartesten ist und dort gibt es nicht das kleinste Beweisstück. Um mein Gewissen zu beruhigen, forsche ich sorgfältig weiter, und in ihrem Schlaf seufzt sie sanft und zufrieden. Wenn man mir einen Schlag auf den Schädel gibt, macht mir das keinen Spaß, aber die Frauen sind komische Viecher. Trotzdem mache ich Schluß, weil ich andernfalls auch bald einen Seufzer der Erleichterung ausstoßen werde, und ich ziehe meine Hand zurück, um sie etwas weiter nach oben zu schieben. Kein Versteck in ihrem Büstenhalter. Dazu ist er viel zu prall gefüllt, und das hat nichts mit dem Gummi zu tun, das sie sich alle drunter stopfen, um Paulette Goddard zu gleichen. Verflixt! ich bin zu stark für solche zarten Vorrichtungen und mache den betreffenden Büstenhalter kaputt … diesmal wird sie mir sicherlich böse sein. Ich höre auf und rutsche schnell runter … wenn ich noch fünf Minuten länger in diesem Wagen bleibe, kann ich nicht mehr für das einstehen, was ich tun werde …

Ich mache die Wagentür auf und lege das Mädchen an der Mauer des nächsten Anwesens ab, sitzend, bewußtlos. Ich steige wieder ein und ziehe Leine.
Sobald ich da raus bin, trete ich aufs Gaspedal. Treffpunkt: das *California Call*.
Wie kommt es eigentlich, daß mir niemand gefolgt ist?
Ich hoffe, daß Gary wieder zurück ist.
Ich schiele nach der Handtasche der angeblichen Cynthia, die neben mir liegengeblieben ist. Eine ganz neue Handtasche. Ziemlich dick. Sieht ganz voll aus. Ich habe große Lust, hineinzuschauen ... Abgesehen davon, daß ich sie nicht im Wagen behalten sollte. Das kann gefährlich sein.
Aber jetzt, im nachhinein, habe ich derart Schiß, daß ich im Karacho zum *Call* flitze, wo ich halb tot vor Angst halte. Ich bin ein miserabler Detektiv. Beinahe hätte ich meine Unschuld verloren.

Wir ziehen Bilanz

Ich renne zum ersten Aufzug. Er saust mir vor der Nase davon. Ich wetze zum zweiten, und der Liftboy begreift, daß ichs eilig habe.
»Sechzehnter Stock«, sage ich. »Zum *Call*.«
»O. K.«, sagt er und lächelt mich an.
Um nichts schuldig zu bleiben, halte ich ihm einen Dollar hin und eine Zigarette, die er sich in die Seitentasche steckt. Wir fahren mit Volldampf nach oben, und er verpaßt beinahe die Etage. Ich bin schon draußen, bevor er die Lifttür richtig aufgemacht hat und ich schicke mich an, durch den Flur zu rennen, als eine Faust mich zurückhält. Ich mache kehrt und erkenne Gary. Er war es, der mir vor der Nase davongewischt ist.
»Ich habe dich abgehängt«, sagt er. »In mein Büro, schnell.«

Die Handtasche der angeblichen Cynthia bildet eine verdammte Beule unter meiner Jacke und ich möchte sie gern loswerden.
»Was hast du?« sagt Gary. »Was Neues?«
Er sieht genauso aufgeregt aus wie ich. Es ist genauso lustig wie früher, als ich mit den Kumpels hinter den Gasometern Versteck spielte. Das sind schon gut zwölf Jahre her.
Wir gehen hinein. Er hat ein eigenes Büro, wir haben Schwein. Ich weiß zwar nicht genau, was er bei seiner Zeitung ist, aber er scheint die Funktionen eines Verlagsteilhabers einer gewissen Anzahl von Käseblättern auszuüben, was ihm das Privileg des Alleinseins verleiht.
»Ich habe das hier«, sage ich, sobald die Tür zu ist.
Und ich lege die Handtasche auf den Tisch. Gary sieht mich mit runden Augen an. Sein sonnengebranntes Gesicht drückt totale Verständnislosigkeit aus.
»Was ist das?« sagt er. »Überfällst du jetzt Frauen auf der Straße?«
Ich trumpfe mächtig auf.
»Das ist die echte, originale Handtasche einer Person, die behauptet, Cynthia Spotlight zu heißen.«
Darauf blinzelt er erst mal mit den Augen.
»Gut«, sagt er. »Gefressen. Erzähl.«
Ich erzähle ihm alles, was ich getan habe, und er sieht gar nicht so verärgert aus.
»Bist du sicher, daß man dir nicht gefolgt ist?«
»Ich bin mir des Gegenteils sicher«, sage ich. »Es waren sogar zwei. Mindestens zwei.«
»Gut ...«, folgert er. »Darüber werden wir noch reden. Was ist drin?«
»Das weiß ich nicht«, sage ich. »Ich habe sie nicht aufgemacht.«
Diesmal betrachtet er mich mit einem Ausdruck, der stark der Bewunderung gleicht. Ich fühle mich angenehm geschmeichelt.

»Ich frage mich, wie du das aushalten konntest!« ruft er und bemächtigt sich der Handtasche. »Ich hab' gedacht, du hättest nichts gesagt, weil nichts drin war.«
Er macht sie auf und dreht sie über seinem Schreibtisch um. Es fallen verschiedene weibliche Gegenstände heraus: Puderdose, Lippenstift, Feuerzeug und dann Zigaretten, Fotos, zwei Umschläge.
Gary beachtet das Zeug nicht und stürzt sich auf die Papiere. Der erste Umschlag trägt einen Namen: Cora Leatherford, und eine Adresse beim Teufel, in der Gegend von South Pasadena. Er ist leer. Der zweite Umschlag ist unbeschrieben und enthält offensichtlich Fotos im Format 9×12. Einen Augenblick lang glaube ich, daß es die gleichen sind wie die aus der Telefonkabine, und Gary muß wohl denselben Eindruck haben, denn er hält mir den Umschlag hin. Ich sehe mir das übrige und die andern Fotos an, bevor ich ihn aufmache. Amateurschnappschüsse, auf denen ich das Mädchen mit dem großen Mund erkenne, zuerst allein ... und auf dem zweiten neben einem großen Muskelprotz, in dem ich mühelos unseren guten Freund Wolf Petrossian ... den verstorbenen Wolf Petrossian erkennen kann.
Ich drehe das Foto um. Drei Wörter: Wolf für Cora. Das ist sie. Ich erkläre das Gary.
»Wunderbar«, sagt er. »Deshalb hat dein Charme nicht gewirkt. Sie steht noch unter dem Eindruck dieses grausamen Verlustes.«
»Verflixt«, sage ich selbstgefällig. »Zwei Tage später, und sie hätte mir alles gesagt.«
»Worauf wartest du, um in den Umschlag zu schauen«, sagt er zu mir.
»Es sind sicherlich nicht die gleichen«, sage ich, »weil sie die andern zurückhaben wollte.«
»Sie wollte sie zurückhaben, um sie zu vernichten«, antwortet Gary, »aber es sind vielleicht die gleichen.«
»Am besten, wir sehen nach«, sage ich.

Ich mache den Umschlag mit unsicherer Hand auf. Erleichtert atme ich auf. Nicht lange. Das erste Foto ist Bérénice Haven.
Das zweite ist ohne Spur eines Zögerns Cynthia Spotlight. Die richtige! ... Die, die verschwunden ist. Die dritte ist uns nicht bekannt. Gary nimmt mir die Fotos weg und dreht sie um. Die Namen stehen hinten drauf. Sie sind es wirklich. Die dritte ist eine gewisse Mary Jackson.
Ich fasse zusammen, sowohl für Gary als auch für mich.
»So sieht es also aus«, sage ich.
»Erstens wurde ich von einem Individuum X mit Rauschgift vollgepumpt, von Unbekannten entführt, die wollen, daß ich mit einer gewissen Bérénice Haven, die vermißt ist, schlafe, und die, als ihnen das nicht gelingt, sich durch elektrische Mittel das besorgen, was meinem Versagen abhilft. Zweitens wird ein Freund des Individuums X, ein gewisser Wolf Petrossian, tot in einer Telefonkabine aufgefunden, zwei Schritte von der Stelle entfernt, wo ich entführt worden bin, nachdem er in der Kabine so entsetzliche Fotos versteckt hat, daß sich mir der Magen umgedreht hat und dir auch. Drittens versucht eine Bande A diese Fotos an sich zu bringen und legt einige Bullen um, weil ihr das nicht gelingt. Die gleiche Bande oder eine Bande B versucht dann zum zweitenmal, die Fotos erst in der Kabine, dann bei mir einzutreiben, eine Tat, die zu beweisen scheint, daß es tatsächlich zwei verschiedene Banden gibt, von denen die eine mich kennt: die des Individuums X.
Viertens wissen wir jetzt, daß eine andere Frau verschwunden ist: Cynthia Spotlight. Und daß eine dritte noch verschwinden wird, falls das nicht schon geschehen ist.
Gary unterbricht mich.
»Dein Resümee ist sehr hübsch«, sagt er, »aber wir wissen auch noch etwas anderes: nämlich, daß die Leute, die diese Mädchen entführen, sich nicht darauf beschränken, sie mit Jungens schlafen zu lassen. Es gibt da die Fotos. Und es gibt

auch die Tatsache, daß der Wagen, der bei dir heute morgen parkte, eine falsche Zulassungsnummer hatte.
»Hast du das rausgekriegt?« sage ich.
»Ja«, schließt er.
»Ich hatte es dir gesagt …«

Mary Jackson, wo bist du?

Hör mal, mein Lieber«, sagt Gary, »wir haben immerhin noch viel zu tun. Es wäre zu schön, wenn wir alles zur gleichen Zeit finden würden. Wir haben heute morgen mächtig Schwein gehabt: jetzt müssen wir uns ranhalten … Glaub mir, wir können schon gute Arbeit leisten.«
Ich denke wieder an Sunday Love und auf Grund einer Ideenassoziation an mein doppeltes Steak mit Spinat.
»Wegen dieser ganzen Geschichte«, sage ich, »habe ich nicht fertig essen können und mußte dazu noch meinen Flirt sitzen lassen.«
»Verdammt nochmal«, sagt Gary zu mir, »willst du nun keusch bleiben oder nicht?«
»Jetzt, wo ich Detektiv bin, und von einem Augenblick auf den andern sterben kann«, sage ich, »glaube ich allmählich, daß es verdammt blöd wäre, wenn ich nicht die Zeit nutzte, die mir noch bleibt.«
»Nun, du altes Schwein, du wirst warten«, sagt Gary. »Um dich zu zerstreuen, werden wir jetzt erst mal mit Defato telefonieren.«
Ich wähle die Nummer, und er wartet. Ich nehme den Hörer und höre gleichzeitig mit.
Meinungsaustausch mit dem Kerl von der Telefonzentrale, und dann ist Defato am andern Ende der Leitung.

»Was gibts Neues?« sagt Gary. »Ich mache Sie gleich darauf aufmerksam, daß wir ganz ernsthaft an der Sache arbeiten.«
»Machen Sie keine Witze«, sagt er, halb süß, halb sauer. »Lassen Sie das Sache der Polizei sein.«
Er ist sicherlich ein guter Freund von Gary, denn er fährt sogleich fort.
»Neuigkeiten für Sie, Kilian. Vorhin sind zwei Kerle hier angekommen, durchlöchert wie Schaumlöffel, aber noch lebendig. Der eine von ihnen ist ein gewisser Derek Petrossian, der Bruder von Wolf. Der andere hat seinen Namen nicht gesagt und er hat nichts bei sich, durch das wir ihn identifizieren könnten, höchstens einen schwarzen Nash mit einer falschen Zulassungsnummer. Petrossian hat mir gesagt, daß er hinter einem riesigen blonden Typ herfuhr, der mit einem Mädchen und einem Kumpel mit häßlicher Visage im El Gato war, und daß er dafür bezahlt wurde. Anscheinend sind sie beide gleichzeitig bei Rot über die Kreuzung und sie folgten anscheinend auch beide dem gleichen Typ; natürlich ist der zweite in den ersten reingefahren, und da sie nervös sind, haben sie ein bißchen aufeinander geschossen. Ich nehme an, daß sie davonkommen werden. Auf jeden Fall sind ihre Wunden beim Berühren ziemlich empfindlich, und wenn man sich geschickt anstellt, glaube ich schon, daß sie eine Menge Dinge erzählen werden. Aber ich weiß gar nicht, warum ich Ihnen das alles erzähle.«
Gary begann zu witzeln.
»Ich auch nicht«, sagt er. »Vielen Dank, Nick, ich werde mich dafür erkenntlich zeigen.«
»Tschüß!« sagt Nick und legt auf.
»Ein unheimlich prima Typ!« sagt Gary. »Verstehst du jetzt, warum man dir diesmal nicht gefolgt ist? Die beiden Knaben, die hinter dir her waren, haben sich selber ausgeschaltet.«
»Diese Sitten mag ich gar nicht«, sage ich. »Sie haben den Finger viel zu schnell am Abzug. Was hast du denn für Defato getan, daß er dir alle seine Geheimnisse ausplaudert?«

»Das ist ein anderes Geheimnis«, sagt Gary. »Jetzt…«
»Jetzt gehe ich essen.«
»Du hast schon genug gegessen«, sagt Gary. »Jetzt werden wir Mary Jackson anrufen. Gib mir mal das Telefonbuch rüber.«
Ich schlage das Telefonbuch auf. Herr des Himmels. Allein für Los Angeles gibt es eine ganze Seite mit Jacksons.
»Sag mal«, sage ich zu ihm, »wenn wir die alle durchprobieren, geht ein halber Tag drauf.«
»Aber nein«, sagt er. »Zunächst einmal werden wir alle die ausschalten, die ganz offensichtlich Büros sind.«
Was er sogleich tut, indem er alle Namen ankreuzt, die er anrufen will. Dann greift er sich das Telefon, haut sich bequem in seinen Sessel und beginnt mit der Operation. Er variiert die Formeln wie ein Künstler. Mal ist er der Vertreter der Versicherungsgesellschaft, mal ein Kamerad von Mary, der gern mit ihr reden möchte, usw…
Ich setze mich unterdessen, warte und träume ein wenig vor mich hin. Ich sehe Cora Leatherford im Wagen wieder, neben mir sitzend, und ich denke mich wieder neben sie… und wieder denke ich, daß ich anders handeln würde, wenn ich sie jetzt in der Hand hätte. Es ist doch ärgerlich. Jedesmal, wenn ich bei einem Mädchen an der richtigen Stelle bin, krieg ichs mit der Angst zu tun… und meine Vorstellungen von Unschuld und Jungfräulichkeit fallen mir wieder brühwarm ein und verbieten mir jegliche nützliche Handlung. Die kleine Straße, in der ich Cora zurückgelassen habe, war sehr ruhig … es gab dort kleine Häuser mit kleinen Zimmern und dicken Teppichen… auf einem Teppich liegt sichs bestimmt gut… Verflixt… Ich habe den Eindruck, daß ich im Begriffe bin, mir ein neues Weltbild zu schaffen, das völlig verschieden ist von dem, das ich noch am Vortag hatte. Allein folgendes Detail: ich habe heute keine Leibesübungen gemacht und es ist mir unheimlich wurscht, viel lieber würde ich mit diesem Mädchen mit den gelben Augen ein paar Lockerungsübun-

gen machen. Mit der oder mit Sunday Love... oder mit Bérénice Haven... aber es ist besser, wenn ich nicht mehr an die Dritte denke, denn ich kenne sie von einer Seite, die für meinen Blutdruck überhaupt nicht gut ist.
Gary scheint sich an etwas festgehakt zu haben... Ich habe nicht zugehört, was er gesagt hat, aber als ich wieder hinhöre, finde ich ihn in eine große Diskussion verwickelt über eine gewisse Cora Leatherford, deren Freund zu sein er behauptet. Er gerät immer mehr in Wallung, legt aber plötzlich heftig auf, und mir wird klar, daß er an jemanden geraten ist, der ihn zum Narren gehalten hatte.
»Es ist zum Davonlaufen, diese Geschichte«, sagt er. »Wir brauchen einen ganzen Tag. Du hattest recht.«
»Und wenn wir sie aufsuchen würden«, sage ich, »glaubst du nicht, daß wir dann einen ganzen Monat bräuchten?«
Er zuckt die Achseln.
»Die letzte hat zu mir gesagt, sie sei die Schwägerin von Präsident Truman, das mußt du dir mal vorstellen.«
»Vielleicht stimmt es«, sage ich.
»Denkste... jedenfalls nicht nach dem, was sie dann noch gesagt hat. Trumans Schwägerin ist sicherlich besser erzogen. Willst du mich nicht ein wenig ablösen?«
»Das ganz bestimmt nicht«, sage ich. »Du wolltest ja den Bullen spielen, nun spiel ihn auch schön allein. Ich will gern meine Verführungskünste spielen lassen, das ist aber auch alles.«
»Bei dem Erfolg, den du dabei hast...«, brummt Gary in seinen Bart.
Er nimmt sich wieder den Apparat vor und dreht von neuem die Wählscheibe. Zwischen zwei Versuchen telephoniert er in die Kantine der Zeitung, um was zum Essen und zum Trinken heraufkommen zu lassen, worauf meine Stimmung um zwei Meter fünfzig, gelinde ausgedrückt, steigt. Und dieses höllische Spiel geht weiter.

Andy und Mike schalten sich ein

Sicher ist jedenfalls, daß Gary zwei Stunden später vor einer Liste mit Mary Jacksons sitzt, die nur noch fünf Namen enthält. Unterdessen habe ich mit den Eßwaren neue Gesundheit getankt und fühle mich viel besser. Ich nehme also die Liste und fange an, Pläne zu schmieden, weil die fünf Mädchen, die übrigbleiben, eigentlich nicht zwei Schritte voneinander entfernt wohnen.
Und zwanzig Minuten später brausen wir von neuem durch die Straßen der Stadt, auf der Suche nach der richtigen. Ich habe nicht viel Hoffnung. Aber man kann nie wissen ... im Grunde hat die unsere wahrscheinlich Telefon, und Gary ist nicht so dumm, wie er aussieht.
Wir bringen die beiden ersten hinter uns. Wir kommen vor dem Haus an, in dem die dritte wohnen soll, und Gary steigt aus. Ich folge ihm, denn wir gehen beide hin, damit es nicht ganz so traurig ist.
Er klingelt. Eine Minute, und die Tür geht auf. Ich sehe Gary an und wende schnell die Augen ab.
»Miss Mary Jackson?« fragt er mit seinem anmutigsten Lächeln.
Die Frau, die vor uns steht, hat feuerrotes Haar und eine schöne Hasenscharte, so daß sie uns beim Lächeln ihr ganzes Gebiß zeigt.
»Das bin ich ...«, sagt sie.
Ich weiß nicht, was in Gary gefahren ist.
»Schön! wir sind es nicht [illegible]«, antwortet er höflich.
Ich bin etwa sieben Stufen vor ihm unten, aber wir hören immer noch, wie sie uns beide beschimpft. Ich steige etwas mutlos wieder in den Wagen. Nur noch die Mary Jacksons von Figueroa, Terrace und von Maplewood Avenue, und ich fahre zuerst zur zweiten Adresse, weil Figueroa, das ich nur

mit großer Mühe auf einer Karte entdecken kann, beim ausgekochten Teufel liegt.

Auf nach Maplewood. Es ist ein schönes Wohnhaus, das an der angegebenen Adresse steht. Die Operation beginnt wieder von vorne, und ich habe kaum die Wagentür zugeschlagen, als ich stehenbleibe, eine Hand auf Garys Arm. Zehn Meter von mir entfernt sehe ich Cora Leatherford das Gebäude betreten. Vor meinem Wagen steht ein hellblaues Dodge-Coupé.

»Bleib hier…«, sage ich zu Gary. »Das ist sie…«

»Wo gehst du hin?« sagt er.

»Wir werden ihr so nicht folgen…«

»Wieso ihr folgen?«

»Hör zu«, sage ich. »Sie wird wieder herauskommen. Sie ist gekommen, um Mary Jackson abzuholen…«

»Aber wer denn?« sagt er.

»Aber Cora«, sage ich. »Die Frau, der ich die Handtasche abgenommen habe. Sie ist gerade da hineingegangen. Wir sind mit Sicherheit bei Mary Jackson, und sie kommt bestimmt mit ihr wieder heraus. Ich werde also Andy Sigman anrufen.«

»Bitte, Rock, erklär mir das«, sagt er zu mir. »Bei dem Schlag, den man dir verpaßt hat, habe ich den Eindruck, daß da etwas nicht mehr so richtig klappt.«

»Aber aber, Gary«, sage ich… »Du erinnerst dich doch, daß ich auf der Landstraße von San Pinto von einem gewissen Andy Sigman aufgelesen worden bin. Er hat sich mir zur Verfügung gestellt, für den Fall, daß es mal hart auf hart kommt. Ich habe Vertrauen zu diesem Burschen. Ich werde ihn anrufen… denn die Geschichte von heute morgen flößt mir kein Vertrauen ein… Es ist besser, wenn wir etwas Verstärkung haben. Ich weiß zwar nicht, wo wir hinfahren, aber die kleinen Schlingel, die solche Operationen ausführen, wie wir sie auf den Fotos gesehen haben, mit denen ist bestimmt nicht gut Kirschen essen, glaub mir.«

»Glaubst du, daß man dieses Mädchen dort hinbringen wird, wo man dich hingebracht hat?« sagt Gary.

»Das scheint mir klar«, sage ich. »Und es ist mir lieber, wenn wir ihr zu mehreren folgen.«

»Merkwürdiger Detektiv ...«, sagt Gary und schüttelt den Kopf. »Andere ins Spiel bringen, finde ich nicht sehr schlau.«

»Ist mir egal«, sage ich. »Ich habe keine Lust, schlau zu sein. Ich möchte vor allem vermeiden, daß ich mit den Mädchen allein bin. Davon bekomme ich nämlich Komplexe.«

»Dann mach«, sagt Gary, »im Grunde ist es deine Angelegenheit.«

Dieses ganze Gespräch ist sehr schnell abgelaufen, und noch viel schneller finde ich mich in einer Telefonkabine wieder, um Sigmans Nummer zu wählen.

Er ist zu Hause ... und er scheint sehr erfreut zu sein ... Er erkennt mich sofort.

»Ich brauche Sie«, sage ich. »Mit Ihrem Taxi. Aber Sie müßten einen sicheren Fahrgast haben. Verstehen Sie, was ich meine?«

»Ich glaube, daß ich verstehe«, sagt er. »Ich kann Ihnen jemanden vorschlagen. Meinen Neffen. Ein sehr ordentlicher Junge, nicht geschwätzig und stark wie ein Pferd. Er hat in der Marine gedient.«

»Wie heißt er?«

»Mike Bokanski. Ich stehe für ihn ein wie für mich selbst.«

»O.K.«, sage ich. »Kommen Sie ganz schnell her. Wissen Sie, wo die Maplewood Avenue ist? Halten Sie bei Hausnummer 230.«

»In zehn Minuten bin ich da«, antwortet er. Seine Stimme zittert vor Aufregung.

»Kommen Sie auf zwei Rädern«, sage ich, »denn ich weiß nicht, wie lange es dauern wird. Sie kann jeden Augenblick wieder weiterfahren.«

Er verlangt keine Erklärung und legt auf.

Acht Minuten später ist er da, und zum Glück ist noch niemand aus dem Haus gekommen. Ich gehe zu ihm und drücke

ihm die Hand. Auf dem Rücksitz im Wagen sitzt ein sympathischer Bursche, kräftig, braungebrannt, mit energischen Zügen und ziemlich scharfen Augen, die in seinem ruhigen Gesicht ein wenig überraschen.
»Mike«, sagt Andy zu mir... »Mein Neffe.«
»Guten Tag«, sagt Mike.
»Na«, sage ich ... »dann wollen Sie mit uns arbeiten? Die Sache ist ganz einfach: ihr braucht uns nur zu folgen, sobald ich anfahre. Nicht zu dicht, aber dicht genug, damit ihr mich nicht verliert.«
»Schon gut«, sagt Andy. »Geht in Ordnung.«
Mike Bokanski gibt jemandem, den ich zuerst gar nicht bemerkt hatte, einen kräftigen Schlag auf den Rücken. Es ist ein großer Hund, der ebenso friedlich und gelassen aussieht wie er selber, ein prächtiger, fahlroter Boxer.
»Noonoo ...«, sagt Mike Bokanski zu mir und zeigt auf das Tier, das mir ein breites Lächeln schenkt.
»Ich glaube, das läuft von allein«, sage ich. »Selbst wenn ihr uns verliert, wird er uns in Nullkommanichts aufstöbern.«
»Ganz sicher!« sagt Mike Bokanski.
Von neuem verpaßt er seinem Hund einen liebevollen Puff, der einen Ochsen umhauen würde, worüber der andere wirklich entzückt zu sein scheint. Ich verlasse sie und gehe zum Wagen zurück, wo Gary mich erwartet. Sieh an, er schläft. Ich hüte mich wohlweislich, ihn zu wecken und setze mich neben ihn.

Ich warte. Er wartet. Sie warten. Alle warten. Ich weiß nicht, ob ich nicht gerade im Begriff bin, einzuschlafen, denn ich fahre hoch, als ich sehe, wie die Wagentür des blauen Coupés aufgeht. Ich erkenne Coras Kleid. Sie steigt ein, gefolgt von einer jungen Frau im hellen Kostüm, groß und schlank, mit einer Masse blonder Haare, die unter einem bezaubernden Hut hervorquellen. (Ist er eigentlich bezaubernd? Vielleicht habe ich von Hüten überhaupt keine Ahnung?) Ich fahre ganz sachte an. Das Dodge-Coupé flitzt schon hundert Meter vor uns her, und im Rückspiegel sehe ich, wie sich Andy Sigmans Taxi in Bewegung setzt. Ob zu recht oder nicht, gibt mir das ein Gefühl der Sicherheit.
Ich glaube, daß Gary wach wird.
»Was ist los«, sagt er. »Sind wir auf dem Meer?«
»Noch nicht«, sage ich. »Wir machen einen Ausflug aufs Land. Du hast doch nichts dagegen?«
»Wenn du weißt, wo du hinfährst«, murmelt er.
Er schläft wieder ein. Ich wecke ihn mit einem kräftigen Rippenstoß.
»Sag mal, Gary, wie wärs, wenn du deinen Grips ein bißchen anstrengen würdest, anstatt zu pennen.«
»Puh ...«, murmelt er, »das ist furchtbar einfach. Derek Petrossian arbeitete mit seinem Bruder zusammen, und der andere mit den andern, und beide suchen immer noch die Fotos.«
»Diese Geschichte mit den Fotos macht mich nervös«, sage ich.
Wir brausen jetzt flott dahin, und der Dodge ist ziemlich weit vor mir. Falls eine Ampel je auf Rot springt, verliere ich sie mit Sicherheit, falls sie auf die Idee kommen sollte, abzubiegen. Sie biegt ab, aber ich habe sie rechtzeitig eingeholt, und ich halte mich solange hinter ihr, bis wir Foothill Boulevard er-

reicht haben. Diesmal geht es noch schneller, in den von der liebenswürdigen Polizei dieser Stadt geduldeten Grenzen, und es geht geradewegs in Richtung San Pinto.
Ich teile Gary diese Feststellung mit. Die Hitze bekommt ihm wirklich nicht gut: denn ich habe versäumt, Ihnen von der Hitze zu erzählen, eine etwas abstumpfende Hitze, die an diesem fröhlichen Nachmittag herrscht.
»Weißt du, was wir gerade tun?« frage ich ihn, um ihn in die Wirklichkeit zurückzurufen.
»Ja«, sagt er. »Wir folgen Mary Jackson, die sich gerade von dem Mädchen entführen läßt, dem du die Handtasche geklaut hast.«
»He«, sage ich. »Du bist gar nicht so blöd, wie ich geglaubt habe. Und unter uns, für ein Mädchen, das entführt wird, macht sie eher den Eindruck, als sei sie einverstanden. Ich frage mich nur, was sie ihr erzählt haben mag.«
»Das ist doch nicht schwer zu erraten«, knurrt Gary ... »Sie hat ihr sicherlich eine schöne, kleine römische Orgie, letzter Schrei, vorgeschlagen. Wenn ich nach dem urteilen darf, was du mir von Bérénice Haven erzählt hast, so sind diese Mädchen wohl eher einverstanden.«
»Du hast sicherlich recht ...«, sage ich. »Ich hätte wirklich alles mit mir machen lassen sollen. Aber reden wir lieber von was anderem, weil das eine unangenehme Erinnerung ist.«
»Es lag ja nur an dir«, höhnt Gary.
Und der Teufel hols, ich weiß genau, daß er recht hat. Je weiter es geht, umso verblüffter bin ich über die Arbeit, die sich in meinem Kopf vollzieht. Ich, der immer brav bleiben wollte, entdecke bei mir die Mentalität eines verkommenen Subjekts. Ich glaube, daß es eine großartige Idee wäre, die beiden Frauen einzuholen und ihnen ein Abendessen in einem dieser Gasthöfe im mexikanischen Stil zu bezahlen, die man längs der Landstraße antrifft.
Ich teile Gary diese Inspiration mit. Er lächelt.

»Ich würde gut daran tun, dich langsam zu überwachen«, sagt er.
Unterdessen trete ich aufs Gaspedal, denn der blaue Dodge bohrt sich in den Nebel, wenn man so sagen kann … Ein schöner Nebel, bitteschön, um unsere Gedanken aufzufrischen! Der Wagen fährt auf dieser schnurgeraden Landstraße ganz allein dahin, und ich habe tatsächlich immer größere Lust, sie zu überholen, um mal ein gemütliches Plauderstündchen mit ihnen abzuhalten.
»Na, na«, sagt Gary, der mich aus den Augenwinkeln beobachtet. »So nen tollen Erfolg hast du bei dem Mädchen ja auch nicht gehabt. Versuch dich ein wenig zu beruhigen … Die Polizeiarbeit scheint dir nicht gut zu bekommen.«
»Verflixt«, sage ich. »Es ist eigentlich gar keine so dumme Idee. Überleg doch mal, sie sind nicht in der Lage, sich gegen uns beide zu wehren, und es wird ihnen sicherlich Spaß machen, den Abend mit zwei so hübschen Burschen wie uns zu verbringen. Und wir werden allerhand erfahren.«
Sunday Love wird eben das Nachsehen haben. Gary wird schwach, und ich gebe Gas. Ich bin jetzt auf gleicher Höhe mit dem kleinen blauen Coupé und ich überhole sie, indem ich sie zum Straßenrand hin abdränge. Es ist Cora, die fährt. Sie läßt sich nicht ins Bockshorn jagen. Ich nehme an, daß sie mich gleich erkannt hat, und anstatt seitlich ranzufahren, tritt sie kurz auf die Bremse, läßt sich überholen und fährt mir dann vor der Nase davon, wobei sie schamlos an mir vorbeirauscht. Doch ihr Motor kann gegen den meinen nichts ausrichten … Ich wiederhole das Manöver. Diesmal legt sie es nicht mehr drauf an, und schon stehen wir beide hintereinander. Ich strecke die Nase aus dem Fenster und spiele ein zweites Mal den alten Kumpel.
»Hallo, Cora«, sage ich. »Wie gehts denn seit heute morgen?«
»Es geht, Rock«, gibt sie mir zur Antwort. »Darf ich Ihnen Miss Jackson vorstellen? Mary Jackson. Sie wissen doch. Die, deren Foto Sie in meiner Handtasche gefunden haben.«

Ich nehme mich ein wenig vor ihr in acht, nach der Behandlung, die ich ihr hatte angedeihen lassen. Aber es scheint alles in Ordnung zu sein. Ganz offensichtlich hat sie keinen Revolver in ihrem Büstenhalter versteckt, der immer noch so prall gefüllt zu sein scheint wie heute morgen.
Andy Sigman und Mike haben uns überholt, und ich sehe, wie sie zweihundert Meter weiter haltmachen und einen Reifen wechseln, der das nicht im mindesten nötig hat.
Ich setze meine Annäherungsarbeit fort.
»Na, Cora«, sage ich, »wie ist es denn mit diesem tollen Essen, das wir uns gemeinsam einverleiben wollten? ... Die Gelegenheit ist günstig, jetzt oder nie ... Zum Glück ist mein Kumpel Gary Kilian dabei, wir könnten also ein schönes kleines Abendessen zu viert veranstalten. Ists Ihnen recht? Miss Jackson hat bestimmt nichts dagegen.«
»Mit dem größten Vergnügen«, sagt Mary Jackson.
Es sieht so aus, als hätte sie für Coras Geschmack etwas zu schnell gesprochen, denn diese wirft ihr einen Blick zu, der nicht sehr freundlich ist, aber ich lasse nicht locker.
»Wunderbar«, sage ich, »Gary ist natürlich einverstanden, denn er drängt mich schon seit zwei Kilometern, Sie einzuholen. Er hat Sie nämlich als erster wiedererkannt. Na Cora, Sie fahren mit mir, und Gary nimmt Ihren Platz ein.«
Ich gebe Gary ein Zeichen. Er kommt herbei, und ich stelle ihn vor. Fünf Minuten danach sind wir endlich abgefahren. Ich trällere ein kleines Liedchen und ich folge dem Dodge, und etwas weiter hinter uns sind Andy und Mike, die uns nach der falschen Reparatur ihrer falschen Reifenpanne wieder folgen.
»Was haben Sie denn heute morgen gesucht?« fragt mich Cora unschuldig. »Sie haben mich vollständig ausgezogen.«
Ich habe noch nie ein so hartschlägiges Mädchen gesehen. So wenig Groll, das ist fast genauso unheimlich, als ob sie mit aller Kraft über mich hergefallen wäre.
»Ich wollte Ihre Bewußtlosigkeit ausnützen«, sage ich. »Ich

bin so schüchtern bei Mädchen, daß ich immer ihren Schlaf ausnütze, um mal zu sehen, wie sie beschaffen sind.«

Und das stimmt nicht nur teilweise. Sicherlich gehört sie zu jenen Mädchen, denen man erst mal eins verpassen muß, um sie ein wenig liebenswürdig zu machen.

»Ich habe jedenfalls nichts davon gehabt«, antwortet sie. »Sie könnten mir vielleicht erklären, was Sie mit mir gemacht haben, während ... ich träumte?«

»Das sind Dinge, über die man nicht spricht«, gebe ich ihr zur Antwort, »aber wenn wir eine Minute Ruhe haben, hoffe ich, daß ich Sie weiterbilden kann. Abgesehen davon, schwebt Ihnen ein Ort vor, wo Sie besonders gern den Abend verbringen würden?«

»Es gibt eine ganze Menge ... kurz vor San Pinto«, sagt sie.

Ich unterdrücke eine unfreiwillige Bewegung und sage:

»Einverstanden.«

»Versuchen Sie etwas auf die Tube zu drücken«, fährt sie fort. »Ich habe einen anstrengenden Tag gehabt und der Magen hängt mir auf den Fersen.«

Sie ist wirklich ein korrekter Gegner. Nach einer Stunde Landstraße mache ich vor einem bezaubernden, in den Farben Weiß und Rot gehaltenen, kleinen Restaurant voller Blumen, das an der Straße liegt, halt. In dem mit Kies bedeckten Hof ist ein dicker Wagen geparkt.

Das ist so ziemlich alles, was ich bemerke. Gary hat mich eingeholt, und in dem Augenblick, in dem wir das Lokal betreten, fallen vier Typen über uns her. Eigentlich müßte ich sagen vier Gorillas.

Ich rolle über den Boden wie ein Kegel, denn einer der vier ist mir gegen die Beine gesprungen ... Und es ist die schönste Schlägerei, die ich je in meinem Leben gesehen habe.

Wenn ich mich nur damit begnügt hätte, sie zu sehen!

Ich pflege mein Äußeres

Diese Cora Leatherford hat mir natürlich diesen abgelegenen Ort angegeben, weil sie hier mit Männern ihrer Bande eine Verabredung hatte; die Männer, denen sie (ohne jeden Zweifel) Mary Jackson anvertrauen sollte, das junge Mädchen, das sie gerade entführt hatte. Was ich aber einfach nicht verstehe, ist, wieso sie über unsere Ankunft Bescheid gewußt haben, wieso sie über uns hergefallen sind, kaum daß wir das Lokal betreten haben. Dieser Gedanke schießt mir in einem Nebel durch den Kopf und rasend schnell, weil ich den Kopf einer der vier Typen zwischen meinen Schenkeln eingeklemmt habe, während ich den zweiten mit beiden Händen drücke… Es muß sein Hals sein, den ich so drücke, denn es kracht unter meinen Fingern. Gary, den ich blitzweise wahrnehme, scheint sich ebenfalls seiner Haut zu wehren. Ich nehme alle meine Kräfte zusammen und drücke noch stärker, mit den Händen und mit den Beinen. Der Kerl, den ich an der Gurgel habe, hört ganz plötzlich auf, mir in die Rippen zu boxen und hängt ganz weich da. Gewissenhaft stoße ich ihn beiseite, packe den andern beim Schopf und ziehe dran. Er beginnt zu schreien wie eine Wildkatze, zappelt wie ein Aal, und es gelingt ihm, sich freizumachen; er weicht zurück und nimmt einen Anlauf, um sich auf mich zu stürzen. Ich schicke mich an, ihn ›in Empfang‹ zu nehmen, als ich eine zehn Kilo schwere Vase auf den Schädel bekomme. Einige Sekunden lang schwimme ich. Mein zweiter Angreifer nutzt die Gelegenheit, um mir eine Faust ins Gesicht zu schmettern, die, nach der Sanftheit der Berührung zu urteilen, aus einem Steinblock herausgehauen worden sein muß. Mit meinem rechten Auge stecke ich den Schlag ein und wuchte ihm meinen linken Fuß in den Unterleib. Er krümmt sich zusammen, und ich fange wieder an, das Leben rosarot

zu sehen. Wer mag wohl die Vase auf mich geworfen haben? Ich drehe mich um und erblicke Cora.
»Oh!« sage ich, »das ist aber ganz böse, daß Sie Ihren Bräutigam hinterrücks angreifen.«
Sie lacht höhnisch. In diesem Augenblick werde ich von einem der beiden Angreifer Garys von hinten gepackt. Gary scheint gesundheitlich nicht ganz auf der Höhe zu sein. Auf dem Rücken liegend, lacht er albern vor sich hin und schaut die Decke an. Ich lasse mich nach hinten fallen, mache eine Brücke und mich mit einem Schlag aufrichtend, gelingt es mir, den Knaben über meinen Kopf zu schleudern. Er schlägt mit einem schlaffen Geräusch auf den Fußboden auf. Ich breche in Gelächter aus, doch eine zweite Vase von mindestens fünfzig Kilo fliegt mir an den Schädel, und ich falle auf die Knie, neben den Kerl, den ich gerade in die Luft geschleudert habe. Er ist nicht schön anzuschauen. Sein Gesicht ist nur noch Mus und sein linker Arm ganz verdreht. Gary stöhnt in seiner Ecke, und sein erster Angreifer, ein dicker Kerl mit einem hellen Gabardineanzug und einem grauen Hut beugt sich über ihn; Gary hat sich anscheinend leichter ›kriegen‹ lassen als ich dachte ... Ich bin auf einen neuen Angriff Cora Leatherfords gefaßt und ärgere mich wie ein toller Teufel, denn ich habe solche Kopfschmerzen, daß ich kein Bein und keinen Arm mehr bewegen kann. Ich habe einen letzten Augenblick der Zufriedenheit, als ich sehe, wie sich die beiden Füße Garys entspannen und geradewegs in der Kinnlade des Herrn im Gabardineanzug landen, der drei Dutzend Zähne ausspuckt und wie ein Fuhrmann fluchend zusammenbricht. Gary steht auf. Seine Ohnmacht muß eine Finte gewesen sein. Aber alles das geht sehr schnell vor sich, und ich begreife nicht so recht, was geschieht. Ich habe mich (halb k.o.) vor mein letztes Opfer gekniet, und ich spüre, wie mir Cora rittlings auf den Rücken springt und mir mit einem chinesischen Briefbeschwerer aus Bronze auf den Hinterkopf

hämmert. 1, 2, 3, 4 ... verflixt! Mit einem schönen musikalischen Brummen falle ich in Ohnmacht.

In die Falle gegangen wie Ratten

Als ich wieder zu Bewußtsein komme – eine Viertelstunde später – ist der Dekor (den zu beschreiben ich keine Zeit gehabt habe) immer noch derselbe. Auf dem Boden liegt ein schöner indischer Teppich, mit einigen Flecken von dunklem Rot, denn wir haben alle so ziemlich überall geblutet. Die Möbel sind mit Kupfer verziert, sie sind wahrscheinlich aus Mahagoni, aber ich kann für nichts garantieren. Es gibt auch komische kleine Fenster mit großen Vorhängen. Und ich lehne an einer Wand, geschnürt wie eine Wurst. Ich kann kaum den Kopf drehen und alles tut mir weh. Ich erblicke Gary neben mir. Seine Nase neigt dazu, auf seine Brust herabzuhängen, er sieht eher müde aus. Uns gegenüber behandeln sich die andern vier Akteure dieser hübschen kleinen Schlägerei gegenseitig mit etwas kraftlosen Gebärden. Einen von ihnen scheint das Leben ganz und gar anzuwidern. Es ist der, dem ich den Hals zugedrückt habe. Zu zweit verpassen sie ihm Klapse und schütteln ihn an den Armen, doch er bewegt sich so wenig wie eine Schlummerrolle. Auch der Herr im Gabardineanzug sieht nicht gut aus: er betupft sich das Gesicht mit einem ganz roten Taschentuch, und wenn er den Mund zumacht, sieht man, was ihm noch an Zähnen bleibt; oder besser, man sieht, daß ihm keine mehr bleiben. Was die Farbe seiner Augen angeht, die sich bis zur Hälfte der Wangen hinab vergrößert haben, so erinnert sie an Auberginen, nur noch etwas lebhafter. Die beiden andern, der Dicke im blauen Anzug, der sich um mich kümmerte (und den ich über meinen Kopf segeln ließ) sowie ein untersetzter, dunkelhaariger Typ mit Schultern wie ein gotischer Kamin, befühlen sich, um festzustellen, was sie alles gebrochen haben, und das entlockt ihnen hin und wieder ein ziemlich froh stimmendes Stöhnen und Ächzen. Ich bin mit dem Ergebnis der Operation nicht unzufrieden, obgleich ich mich gerädert fühle, als ob ich unter einem Mähdrescher gelegen hätte. Gary gibt immer noch nichts von seinen Eindrücken preis. Dann gibt es noch Cora Leatherford, frisch wie eine Rose, die rittlings auf einem Stuhl sitzt, und Mary Jackson, die ein wenig erstaunt zu sein scheint. Ich weiß, daß die Frauen es gern sehen, wenn die Männer sich schlagen, selbst wenn es nicht ihretwegen ist. Mary Jackson legt wieder Puder auf: als ob sie gerade eine Schlägerei gehabt habe.

»Sie haben eine merkwürdige Art, den Leuten zu danken, die Sie zum Abendessen einladen«, sage ich.

»Und Sie, wie behandeln Sie die Leute, die Sie im Auto mitnehmen?« antwortet sie schlagfertig.

Sie lacht!

»Sie sind überhaupt nicht mein Typ …«, sagt sie.

Ich versuche sie wütend zu machen, weil ihr Lächeln mir allmählich auf den Sympathikus geht.

»Ihren Typ kenne ich«, sage ich. »Er liegt auf den Steinfliesen des Leichenschauhauses, mit blauen Flecken auf seiner widerlichen Visage, und genau das gleiche erwartet auch die Früchtchen von gegenüber.«

Mit dem Kinn zeige ich auf die vier fußkranken Affen, die sich, tot oder lebendig, im Raum zu schaffen machen, und meine Bemerkung scheint sie nicht in gute Laune zu versetzen. Cora hingegen verzieht's Maul über die Anspielung, die ich gerade über ihren Liebling gemacht habe und wirft mir einen dunkelschwarzen Blick zu.

»Wolf Petrossian war nicht so dumm wie Sie, Rock Bailey«, sagt sie. »Man hat ihn überrumpelt, ihn ganz überraschend getötet, indem man ihm etwas zu schlucken gab; aber er wäre

nie so blöd gewesen, sich in den Rachen des Wolfs zu stürzen, wie Sie das gerade getan haben.«
»Trotzdem war er blöde genug, sein hinterhältiges Gift zu schlucken und dann in einer Telefonkabine zu krepieren«, sage ich.
»Apropos Telefonkabinen«, sagt sie, »da gibt es noch so eine kleine Geschichte mit Fotos, die Sie uns nachher ein bißchen erklären müssen.«
»Wem?« sage ich. »Ihnen? Diesen Herren? (ich zeige auf die vier) Oder jemand anderem?«
Die betreffenden ›Herren‹ scheinen den feinen Witz unserer Unterhaltung nicht zu goutieren, und der kleine Untersetzte kommt auf mich zu. Bevor ich überhaupt Zeit gehabt habe, mich in acht zu nehmen, zerquetscht er mir die Nase mit einem Faustschlag, und mein Kopf dröhnt hart gegen die Wand...
Cora ist sich wohl klar darüber, daß das einen schlechten Eindruck macht. Ich frage mich, wie sie Mary Jackson die Sache erklären wird. Wirklich, die Mädchen, die sie für die Experimente von Monsieur X... anwirbt, sind ganz schön abgebrüht. Sie müssen sogar ein bißchen wutzig sein. Das würde auch erklären, warum die Eltern von Bérénice Haven und Cynthia Spotlight (die beiden ersten Vermißten) keine Strafanzeige erstattet haben und warum die Familie von Mary Jackson ebenfalls keine Strafanzeige erstatten wird. Aber die Eltern haben die Fotos nicht gesehen und stellen sich wohl vor, daß sie einfach nur ausgerissen sind.
Während ich diese Betrachtungen anstelle, schnauzt Cora den Untersetzten an, der brummt und wieder an seinen Platz zurückgeht. Und dann gibt es einen Krach, und zwei Männer kommen ins Lokal gestürmt. Sie werfen einen Blick auf uns, lachen, sehen die andern an, lachen nicht mehr. Woran ich erkenne, daß es sich um Verstärkung handelt - aber für das gegnerische Lager.
Cora steht auf.

»Nehmt die beiden Kerle«, sagt sie und zeigt auf Gary und mich, »und bringt sie dorthin, wo ihr sie hinzubringen habt. Kommen Sie, Mary«, sagt sie noch.
Die beiden Männer kommen auf uns zu. Der eine von ihnen ist mittelgroß, gut gekleidet, mit einem offenen, treuherzigen Gesicht. Der andere... Ich erkenne ihn wieder. Es ist der dicke Krankenpfleger, der mir die Behandlung hat angedeihen lassen (an die ich nicht mehr denken kann, ohne mich nach Bérénice Haven zu sehnen), die mir am ersten Abend dieses Abenteuers verpaßt wurde.
Der Dicke schneidet die Stricke durch, mit denen die Beine zusammengebunden sind.
»Auf«, sagt er. »Sieh da? aber das ist ja unser alter Kumpel! Na, suchen wir mal wieder unsere Freunde auf?«
»Ganz richtig«, sage ich. »Ein sentimentaler Ausflug an den Ort unserer ersten Begegnung.«
Er lacht und sein Lachen ist gut zweihundert Gramm schwer. Sein jovialer Charakter war mir schon aufgefallen.
»Immer noch so schwul?« sagt er zu mir. »Hat Cora Sie in diesen Zustand versetzt, weil Sie sich ihr verweigert haben?«
»Wo denken Sie hin ...«, sage ich. »Wenn Sie eine Viertelstunde früher gekommen wären, hätten Sie uns aufeinander gefunden.«
Das stimmt zwar ganz genau, doch was ich zu sagen vergesse, ist die Tatsache, daß ich unten war und daß sie mit einem Briefbeschwerer Liebe mit mir machte. Unterdessen ist es mir gelungen, aufzustehen, aber ich habe Ameisen in den Beinen, und ich muß mich an ihn klammern, um nicht zu fallen. Sein Gehilfe versucht, Gary beim Aufstehen zu helfen. Aber der arme Bursche kann sich nicht rühren. Er hat zu nichts mehr Lust. Er stößt einen Klagelaut aus und bleibt reglos sitzen. Mary Jackson sieht ihn interessiert an, und Cora tritt zu ihm. Bevor ich überhaupt Zeit gehabt habe, Atem zu holen, hebt sie den Fuß und hämmert mit ihrem spitzen Absatz auf einem seiner Schienbeine herum. Gary

zuckt zusammen und brüllt. Mary Jackson scheint sich immer stärker für die Szene zu interessieren, und ich sehe, wie sie sich mit rosiger Zunge über die glänzenden Lippen fährt. Dieses Mädchen liebt es bestimmt, den Leuten mit Rasierklingen die Finger zu spitzen. Gary ist aus seiner Benommenheit erwacht und immer noch schreiend, wälzt er sich zur Seite, um Cora zu entkommen. Er klammert sich an die Wand. Seine Fingernägel knirschen. Mit letzter Anstrengung gelingt es ihm, sich auf die Beine zu stellen. Cora Leatherford amüsiert sich, sie amüsiert sich allerdings nicht mehr so, als Garys Faust sie hart an der rechten Brust trifft. Jetzt brüllt sie los und tanzt auf der Stelle, wobei sie sich mit beiden Händen die Brust hält.

Die beiden Männer bringen uns weg. Wir überqueren den mit Kies bestreuten Hof. Der dicke Wagen, der dort geparkt war, steht immer noch da, während der meine draußen wartet, hinter dem Dodge Coras. Wir steigen in den dicken ein. Unsere beiden Bewacher haben sicherlich die Absicht, Cora sich selbst aus der Affäre ziehen zu lassen, denn kaum, daß wir sitzen, geht der Joviale wieder ins Restaurant und kommt nur mit Mary Jackson allein zurück. Ich versuche, Gary so bequem wie möglich unterzubringen, indem ich ihn stoße. Mary Jackson setzt sich neben mich, und wir fahren ab. Der Kleine fährt. Der Dicke beobachtet uns im Rückspiegel.

»Wo fahren wir hin?« sage ich.

»Sie haben es vorhin schon erraten«, sagt er. »Zu einem sehr netten Herrn, der Damen Zimmer zur Verfügung stellt und Herren andere Zimmer, und der Ihnen das Mobiliar stellt und alles Notwendige!«

Er unterbricht sich, um an einem Knopf seines Armaturenbretts zu drehen und gibt ein Funkrufzeichen durch. Wahrscheinlich haben sie im Wagen ein Funkgerät installiert, vom Typ Walkie-Talkie, wie man sie in der Armee hatte. Ich verstehe jetzt, warum die vier Typen uns im Restaurant erwarteten. Cora muß wohl auf ihre Wellenlänge angeschlossen

gewesen sein, so daß sie unsere Unterhaltung von dem Augenblick an mithörten, in dem ich in ihren Wagen gestiegen war. Ich spüre an meinem Körper Mary Jackson, die sich zu rühren anfängt. Meine Hände sind immer noch zusammengebunden und ich kann mich nicht bewegen, aber ich errate ihre Hand, die meinen Schenkel betastet, und ich mag das nicht. Alle meine Lüste und alle meine Begierden haben sich seltsamerweise zurückgebildet, seit mir Cora den Schädel mit Kunstgegenständen gestreichelt hat.
»Sie sind gar nicht schlecht«, sagt mir Mary Jackson geradeheraus ins Gesicht. »Wenn Ihr Gesicht wieder etwas in Ordnung gekommen ist, sind Sie sogar ausgesprochen vorzeigbar. Warum haben Sie sich von diesen vier brutalen Typen einseifen lassen?«
»Wenn Ihre Freundin Cora mir nicht heimtückisch in den Rücken gefallen wäre«, sage ich, »wäre die Sache nicht so ausgegangen.«
Mary Jackson lacht sanft. Sie hat sehr hübsche blonde Haare und ein leichtes, aber einschmeichelndes Parfüm.
»Ich verstehe überhaupt nicht, was da vor sich geht«, sagt sie zu mir. »Cora hatte mir versprochen, sie wolle mich mitnehmen, um das Wochenende auf dem Besitz eines ihrer Freunde zu verbringen.«
»Wer ist das?« sage ich.
»Markus Schutz ... Dr. Markus Schutz. Er gibt viele Empfänge, wie es scheint. Und dann sind wir aufgebrochen, und haben Sie und Ihren Freund getroffen. Wie heißt Ihr Freund eigentlich?«
Ich bemühe mich, ruhig zu antworten. Ihre Hand streichelt weiterhin meine Schenkel, ohne daß sie sich dessen bewußt zu sein scheint.
»Er heißt Kilian, sage ich. »Gary Kilian.«
Kein Grund, ihr Dummheiten zu erzählen.
Diese Mary Jackson ist eine Nymphomanin. Das ist alles. Sie läßt endlich meine Beine in Ruhe und lehnt sich im Wagen

zurück, wobei sie mir ihren Arm um den Hals legt. Verflucht und zugenäht! Es wird gesagt, daß ich mich immer in dem Augenblick packen lasse, in dem ich mich nicht wehren kann!

Mein Kopf ist gespickt, ich bin am ganzen Körper voller blauer Male, ich sehe bestimmt furchtbar aus, meine Hände sind gefesselt – und dieser Tollwütigen ist das völlig schnuppe, sie vergnügt sich damit, mir um den wunden Punkt herum merowingische Tatscherl zu verpassen – in einem Wagen, der uns zu Markus Schutz, zu Dr. Schutz bringt. Ein Herr, der Leute entführt, um sie miteinander schlafen zu lassen! Und der in seinem Haus Operationssäle hat, in denen wohl Fotos gemacht werden … Fotos, wie ich sie vor gar nicht langer Zeit gesehen habe, Fotos, für deren Wiedererlangung sich ein halbes Dutzend Typen gegenseitig umgebracht haben.

Mary wendet sich mir zu, zieht mich an sich – was mir wahnsinnig wehtut – und küßt mich. Ihr Mund ist frisch und sanft und sicherlich hat sie bei jemandem Unterricht genommen, der sehr viel davon versteht. Ich bin ganz betäubt und ich wünsche mir sehr, daß es dauert. Übrigens dauert es auch ziemlich lange. Ich schließe die Augen und lasse alles mit mir geschehen… Die Frauen sind doch eine schöne Erfindung… Ich bin sicher, daß der dicke Knabe uns im Rückspiegel beobachtet, aber es ist mir egal. Mary Jackson macht sich frei und seufzt leise.

»Ich möchte mich zwischen Sie beide setzen«, sagt sie. »Ich sitze schlecht in dieser Wagenecke.«

»Wie Sie wünschen«, sage ich.

Ich bin nicht sonderlich froh darüber, daß mir die Hände gebunden sind, denn in diesem präzisen Augenblick wüßte ich ganz genau, wohin damit. Sie erhebt sich und steigt über mich, während ich mich nach rechts schiebe. Sie hat nur ein leichtes Kleid an und ich spüre ihren festen Körper an dem meinen … Ich beschließe, wieder Kontakt aufzunehmen.

Aber dieses verdammte Mädchen wandte sich Gary zu, nimmt den Kopf meines Freundes in ihre Hände und verpaßt ihm das gleiche wie mir. Mir ist das egal, weil es mein alter Gary ist, aber es setzt mich ihr gegenüber herab, im eigentlichen und im übertragenen Sinn. Ich nutze die Gelegenheit, um die Landschaft etwas zu betrachten. Der dicke Kerl vor mir vergnügt sich sehr. Er hat sich halb nach uns umgedreht. Er wirft mir einen sarkastischen Blick zu und fängt wieder an, an seinen Radioknöpfen herumzufummeln und sich halblaut mit seinen unsichtbaren Gesprächspartnern zu unterhalten. Diese sind sicherlich nicht sehr weit von hier entfernt, denn ich weiß, daß die Reichweite dieser kleinen Sender ziemlich gering ist. Die Landschaft ist immer noch die gleiche, verbrannt von der Sonne, die anfängt, sich über den Horizont zu senken. Stellenweise finden sich verkümmerte Pflanzen und schöne Blumen. Hier und da liegt das Skelett eines Kamels herum, Erinnerung an eine Karawane. Mary Jackson läßt Gary los und unternimmt bei mir einen neuen Vorstoß.

»Was?« sage ich mit einem Knurren, »haben Sie denn immer noch nicht genug?«

»Lassen Sie mich wählen«, sagt sie ohne die geringste Verlegenheit ... »genau genommen glaube ich doch, daß ich Sie vorziehe.«

Verdammtes Weibsbild ... sie kennt sich da aus! Ich weiß natürlich, daß es eine ganz gewöhnliche Schmeichelei ist ... Aber es schmeichelt mir trotzdem. Diesmal legt sie noch mehr Glut hinein ... und sie hat welche!

»Wenn Sie mir die Schnur durchschneiden würden ...«, gelingt es mir zu sagen, »dann hätte ich wenigstens nicht mehr den Eindruck, unnütz zu sein.«

»Ich möchte ja gern«, sagt sie, »aber ich habe nichts, womit ich es tun könnte ... Verlieren wir nicht unsere Zeit, es geht auch so sehr gut.«

Gary, der wieder zu sich gekommen war, ist in eine völlige Benommenheit zurückgefallen. Ich nehme an, daß Marys

Küsse ihm den Rest gegeben haben. Ganz dicht an meiner Wange sehe ich eine Welle ondulierter, glänzender Haare und ihr zartes Ohr; meine Augen verlieren sich in den Schattenwinkeln ihres runden, schlanken Halses. Eine sanfte Wärme beginnt mich zu durchströmen, und ich bin den beiden Burschen, die mich zu Dr. Markus Schutz bringen, überhaupt nicht mehr böse... Werde ich endlich wissen, wer dieser Dr. Schutz ist?
Ich stelle mir diese Frage, aber ganz vage, denn ich fühle mich ganz und gar nicht imstande, über Polizeiprobleme nachzudenken. Der Wagen macht langsam, biegt nach rechts auf einen Seitenweg ab und fährt wieder mit Volldampf weiter. Die Bewegung hat mich an Mary gepreßt. Ich empfinde so etwas wie Gewissensbisse, als ich an Sunday Love denke... Der feste Oberkörper Marys drängt sich an den meinen und ich spüre, daß sie schneller atmet. Der Wagen hüpft über die Unebenheiten des Weges. Jetzt macht er von neuem langsam, wendet ein zweites Mal, diesmal nach rechts, fährt zweihundert Meter und macht plötzlich halt.
Durch die blonden Haare Marys hindurch sehe ich eine hohe Backsteinmauer.
Die beiden Männer steigen aus. Ich höre einen Fluch, das Knirschen der Bremsen eines anderen Wagens, und ich sehe, wie der dicke Kerl unter dem Aufprall einer fahlroten Masse, die als Feuerkugel durch die Luft fliegt, zusammenbricht, während der andere dafür auf die Matte geht... Ich erkenne darin die Arbeit Mike Bokanskis und seines großen Hundes Noonoo... und das gute Gesicht Andy Sigmans, der mich verschmitzt anlächelt.

Es läuft wieder alles gut

Es sind Andy und Mike, die uns gefolgt sind und uns nun zu Hilfe kommen. Andy Sigman macht die Wagentür auf, zieht ein Messer aus der Tasche und schneidet meine Fesseln durch. Mary Jackson, die immer noch neben mir sitzt, hat sich nicht gerührt. Ihr scheint alles, was da vor sich geht, völlig schnuppe zu sein. Ich steige stöhnend aus. In meinen Adern beginnt das Blut wieder zu zirkulieren, und das tut mir saumäßig weh. Mit dem Gummiknüppel legt Mike meine beiden Entführer säuberlich nebeneinander; für eine ganze Weile sind sie nun eingeschlafen, denn er hat die Arbeit des Boxers mit einigen kräftigen Schlägen seines Kopfnußwerkzeugs vollendet. Ich danke Andy aus tiefstem Herzen; er hat mir wirklich ganz schön aus der Patsche geholfen. Er versucht jetzt, Gary Kilian wiederzubeleben, den er von seinen Fesseln befreit hat. Mike Bokanski begrüßt mich, sein Hund ebenfalls. Mike hat ihm gerade einen jener liebevollen Klapse auf den Hintern versetzt, die ihnen beiden so viel Spaß machen.

»Wir sollten trotzdem nicht allzu lange hier bleiben«, sagt Mike zu mir und zeigt auf die große Backsteinmauer, vor der unser ›Taxi‹ haltgemacht hat. »Die Burschen hier sind sicherlich von unserer Ankunft unterrichtet, und wenn wir warten, werden wir sie alle auf dem Hals haben.«

»Sie haben recht«, sage ich, »aber was sollen wir machen? Jetzt, wo wir den Schlupfwinkel dieser Herren entdeckt haben, werden wir doch nicht weggehen, ohne in Erfahrung gebracht zu haben, was hier vorgeht!«

Ich spüre den Arm Mary Jacksons um meinen Hals. Sie ist ebenfalls ausgestiegen, und ich habe den Eindruck, daß sie nichts anderes im Kopf hat, als das fortzusetzen, was wir im Wagen begonnen haben.

»Die Schlitten müssen weggebracht und versteckt werden«, sagt Mike. »Anschließend werden wir eine Hausdurchsuchung machen.«
»Gary ist kaum zu was zu gebrauchen«, sage ich, »aber man muß schon zu zweit sein, um sich da hineinzuwagen.«
Mike Bokanski wird mit mir zu Markus Schutz gehen. Wahrhaftig, ein Gefährte, der nicht zu verachten ist. Vor allem, wenn sein Hund mit von der Partie ist.
Aber was werden wir mit Mary Jackson tun? Sie preßt sich weiterhin an mich und küßt mich ab, aber jetzt, wo wir stehen, ist es viel weniger kompromittierend, denn sie reicht mir kaum bis zur Schulter. Meine Arme sind wieder völlig gelenkig, und da ich viel zu viele Beulen so ziemlich überall am Körper habe, um darauf zu achten, fühle ich mich fast in Form. Der arme alte Gary hingegen sieht aus, als hätte ihn ein Dutzend Boxer beim Training für einen Sandsack gehalten. Er hat zwei Augen von schönstem Tiefschwarz und ist mit Blut bedeckt (mit seinem eigenen oder fremden). Er hinkt, schnüffelt verächtlich und murmelt erst mal vor sich hin, bevor er spricht. Ich nehme an, er zählt mit der Zunge seine Zähne.
»Na?« sagt er zu mir. »Bist du zufrieden mit deiner Idee? Ein hübsches kleines Abendessen haben wir da gehabt! ... Wo sind denn unsere Partner hingekommen?«
»Sie werden sich sicherlich bald einstellen.«
Andy lacht, Mike lächelt.
»Wir haben mal ein bißchen nachgesehen, was sich in diesem Hotel getan hat«, sagt Mike ... »Sie waren ganz schön zugerichtet, aber jetzt wird in den ersten zwei Monaten niemand mehr davon reden ... War auch ein Weib dabei?«
»Ja«, sage ich, »ein bezauberndes junges Mädchen ... Sie kennen Sie doch, Mary? Ihre Freundin Cora ...«
»Der«, sagt Mike, »hat Noonoo ein wenig das Kleid zerrissen, und falls sie sich kein anderes aus den Vorhängen macht, weiß ich nicht, ob sie heute draußen herumlaufen kann, ohne eingebuchtet zu werden.«

»Aber sie wird Alarm schlagen«, sage ich. »Sie werden mir doch nicht erzählen wollen, daß Sie sich damit zufriedengegeben haben, sie auszuziehen (oder sie von Noonoo ausziehen zu lassen).«
Mike Bokanski wird rot.
»Wir laufen keine Gefahr«, sagt er, »sie ist an einem sicheren Ort.«
Und er fügt hinzu, wobei er sich einen Ast lacht wie ein Astlacher:
»Sie liegt im Kofferraum des Taxis!«
Ich bin beruhigt. Während dieser ganzen Zeit hat Andy Sigman die Arme und den Oberkörper Garys massiert, der sich schüttelt und (leise) brüllt:
»Zum Angriff!«
»Ganz richtig«, sage ich. »Du wirst in diesen Wagen steigen (ich zeige auf den, der uns, Gary, Mary Jackson und mich hergebracht hat) und Andy folgen! Wir müssen sie verstekken, wenn wir nicht entdeckt werden wollen. Währenddessen werden Mike und ich einen kleinen Ausflug in die Baracke machen. Du wirst Nick Defato anrufen. Du wirst an der Landstraße schon eine Kneipe finden.«
»Ich komme gerade aus einer«, sagt er... »Vielen Dank für die friedlichen Kneipen ...«
»Gut«, sage ich. »Aber wir werden nicht überall ›erwartet‹. Sagt Nick Defato Bescheid, wo wir sind und kommt wieder her, sobald ihr die Wagen abgestellt habt. Vergeßt Cora Leatherford nicht in ihrem Kofferraum!«
»Wenn es nur auf mich ankommt«, knurrt Gary, »bleibt sie dort drin bis ans Ende ihrer Tage – und ich hoffe, das wird schon bald sein.«
»O.K.«, sage ich. »Du wirst auch unsere Freundin Mary Jackson mitnehmen und versuchen, dich um sie zu kümmern.«
»Oh!« sagt Mary, die uns seit einem Augenblick zuhört, »ich fahre mit ihm? Das ist prima! ... Werden Sie mich zum Abendessen einladen?«

»Beeilen Sie sich«, sage ich …
Sie setzen sich ins Auto und Andy startet.
»Wir kommen in einer halben Stunde zurück«, sagt er.
»Schon gut! Laßt euch Zeit.«
Gary hat sich mühselig hinters Steuer geklemmt, und Mary Jackson preßt sich an ihn … Hoffen wir nur, daß er wegen ihr nicht von der Fahrbahn abkommt … Was für ein Mädchen!
Ich drehe mich nach Mike Bokanski um.
»Und nun zu uns beiden …«, sage ich. »Wir müssen uns jetzt Zutritt zur Festung verschaffen.«
Wir stehen beide vor einer Mauer, die gut zwei Meter fünfzig hoch ist. Wir erblicken die Wipfel schöner Bäume. Der Abend fällt herein, und es beginnt kühl zu werden, denn San Pinto liegt in 800 Meter Höhe (und wir sind nicht weit von San Pinto entfernt). Als erstes müssen wir uns einmal von der Landstraße entfernen. Die beiden Männer, die uns hierher gebracht haben, haben vor dieser Mauer haltgemacht. Aber es muß doch schließlich ein Gitter zu diesem Park geben. Und eine Tür zu diesem Gitter. Je mehr ich darüber nachdenke, umso ungewöhnlicher finde ich es, daß diese Straße vor dieser Mauer endet. Ich teile Mike meine Überlegungen mit.
»Gut möglich, daß es einen Eingang gibt«, sagt er. »Aber er ist sicherlich getarnt.«
»Gehen wir mal um das Besitztum herum«, sage ich. »Nach rechts oder nach links?«
Wir gehen nach rechts, und plötzlich knurrt Noonoo und beginnt auf eine Baracke zuzulaufen, die wir hinter den Bäumen nicht bemerkt haben. Als ich nach unten schaue, erblicke ich Reifenspuren, die hierher führen, doch der Boden ist hart und steinig, und sie sind kaum sichtbar.
Wir kommen bei dem Gebäude an: eine Art Schuppen. Er sieht armselig aus. Er ist alt und baufällig, ziemlich groß.
»Aufgepaßt«, sage ich … »vielleicht ist da jemand.«
»Noonoo ist da«, sagt Mike.

Die Baracke ist dreißig Meter von der Backsteinmauer entfernt. Ich rüttele an der Tür. Natürlich geschlossen. Ein letzter Blick in die Runde. Nichts. Mike schaut durchs Schlüsselloch, lacht und prüft mit der Schulter die beiden Türflügel. Dann wirft er sich mit aller Kraft gegen die Tür und stößt einen lauten, sehr unflätigen Fluch aus. Er muß sich sehr wehgetan haben, und die Tür hat sich um keinen Deut bewegt.
»Die ist gar nicht so alt, wie sie aussieht«, knurrt er und reibt sich dabei die Schulter.
»Versuchen wir es mit dem Schloß«, sage ich.
»Ich habe einige Werkzeuge mitgebracht«, antwortet er.
Er zieht einen flachen, gebogenen Eisenschaft aus der Tasche. Kaum hat er ihn ins Schloß gesteckt, macht er einen Satz von fünfzehn Metern, fällt auf den Hintern und reibt sich wütend die Hand.
»Diese Säue! Diese Waschlappen! Diese Flaschen! Diese Schweine! Diese Säcke!« sagt er.
Er deklamiert unaufhörlich und ich biege mich. Es ist immer sehr komisch, wenn man sieht, wie ein Kerl einen elektrischen Schlag versetzt bekommt. Es ist zwar harmlos, aber es schüttelt durcheinander.
»Interessant«, sage ich. »Wenn das Schloß elektrisch geladen ist, dann ist da etwas hinter der Tür.«
»Gut, gut ....«, sagt er. »Das ist sehr interessant. Aufregend sogar ... Aber damit sind wir immer noch nicht weiter.«
Ich packe ihn am Handgelenk ... Ich höre etwas.
»Bewegen Sie sich nicht mehr! Verstecken wir uns ...«
Die Baracke ist von ziemlich hohen Sträuchern umgeben. Mike hat seinen Hund am Halsband geschnappt und drückt ihn hinter sich auf den Boden.
Vom Innern des Schuppens kommt ein Motorengeräusch (wie der Motor eines Aufzugs). Dann höre ich ein dumpfes Knakken, das an das Knacken eines Tresorschlosses erinnert. Die Tür geht knarrend auf. Von meinem Platz aus kann ich nicht gut sehen. Ich renke mir den Hals aus, um einen Blick in die

dunkle Öffnung zu werfen. In diesem Augenblick kommt in vollem Karacho ein Schlitten herausgebraust, biegt nach rechts ab und saust durch die Bäume über einen kaum angedeuteten Pfad dahin, der wohl zur Landstraße führt.
Die Tür geht langsam wieder zu. Ohne uns abzustimmen, stürzen wir nach vorn, Mike und ich. Wir treten ein. Der Boden ist ziemlich abschüssig. Die Tür schlägt hinter uns zu. Wir machen in einer schwach beleuchteten unterirdischen Passage einige Schritte, und ich bleibe stehen. Über uns laufen schwere Paneelen geräuschvoll auf Rollen und schließen den Eingang der Passage. Ich bücke mich, um nicht von der ersten getroffen zu werden, und ich gehe schnell den Abhang hinunter, um mich aufrecht halten zu können, ohne den Kopf einziehen zu müssen.
Mike drückt sich flach an eine der Wände. Geräuschlos trete ich neben ihn.
»So kommen sie durch die Mauer«, sagt er zu mir.
»Das sehe ich auch...«, sage ich. »Aber wie werden Gary und Andy uns wiederfinden?«
»Es wird schon klappen...«
»Seltsam, daß es keine Wächter gibt!«
»Das«, sagt Mike, der sich wieder verfinstert, »verstehe ich nicht. Es sieht ganz so aus, als sei alles automatisch.«
»Trotzdem...«, sage ich. »Es muß doch Wächter geben.«
»Nein... Noonoo hätte sie ausfindig gemacht.«
Wir gehen wieder weiter. Der Korridor ist immer noch abschüssig. Endlich erreichen wir eine horizontale Ebene. Der Hund macht sich steif, knurrt und weicht zurück.
»Pst«, haucht Mike.
Ich brauche euch nicht zu sagen, daß wir keinen Lärm gemacht haben und daß wir an der Wand entlangschleichen, indem wir uns flachmachen wie Eidechsen. Ich hatte alle die Schläge, die ich in der Gaststätte bekommen hatte, ein wenig vergessen, aber plötzlich erinnere ich mich wieder daran. Es tut mir so ziemlich überall weh, und ich fühle mich nicht sehr

in Form für einen neuen, harten Schlag. Zum Glück beruhigt mich Mikes Gegenwart ein wenig.
Der Hund ist verstummt. Mike flüstert mir zu:
»Bleiben Sie hier, ich werde mal nachsehen gehen, was da los ist.«
»Ich komme mit.«
»Nein.«
Etwas in seiner Stimme bewirkt, daß ich gehorche.
Es ist leicht, sich in dieser Passage zu verstecken. Die Wände sind abgestützt wie die eines Grubenstollens, mit dicken, vorspringenden Pfosten hier und da, hinter denen man sich vorwärtsbewegen kann, ohne dabei Gefahr zu laufen, daß man bemerkt wird. Mike hält mir etwas hin und entfernt sich, gefolgt von Noonoo, der ihm an den Fersen klebt. Ich sehe nach, was er mir gegeben hat. Ein kleiner Gummiknüppel, wie der, den er vorhin benutzt hat. Ein sympathisches Werkzeug, das einem ein Gefühl der Unabhängigkeit und der Bequemlichkeit gibt. Meine Augen gewöhnen sich allmählich an das Halbdunkel, das in diesem unterirdischen Gang herrscht, aber Mike bewegt sich so schnell vorwärts, daß ich Mühe habe, seine Gestalt nicht aus den Augen zu verlieren. Und plötzlich zucke ich zusammen und meine Finger krallen sich in das Holz der Pfosten. Man hört den Knall einer Explosion, dann einer anderen. Und es ertönt ein Gebrüll, das in einem Gurgeln endet. Ich vergesse alle Ratschläge Mikes und renne nach vorn. Kein Geräusch mehr. Ich komme bei Mike an. Er kniet vor einem Kerl, der auf dem Rücken liegt. Neben der Hand des Kerls ist ein Revolver und ein wenig Blut auf dem Ärmel Mikes.
Er hebt den Kopf und lächelt.
»Der hat sein Fett!«
»Hat er auf Sie geschossen?«
»Eine Schramme. Noonoo hat ihm das Handgelenk gebrochen.«
»Tot?«

»Nein«, sagt Mike, »ich habe ihn nur etwas eingeschläfert.«
In der Mauer bemerke ich eine Tür. Sie geht auf eine kleine, enge, in die Erde gegrabene und ausbetonierte Zelle. Auf einem Tisch ein Funkgerät, das aussieht wie ein Fernsprecher. Wenn das Ding angeschlossen ist, haben die Leute von ›drüben‹ sicherlich die Schüsse gehört, und wir werden sie von einer Minute zur andern auf dem Hals haben. Mike ist wieder aufgestanden und schleift den Haufen Fleisch in die Kabine. Ich lege einen Finger auf die Lippen und zeige dabei auf den Apparat. Er nickt.
Wir legen den Mann unter den Tisch, und ich schneide die Leitung des Fernsprechers durch. Das ist zwar auch nicht sehr klug ... aber egal.
Ohne die geringsten Vorsichtsmaßregeln laufen wir bis ans Ende der Unterführung und tauchen im Freien wieder auf. Die Landstraße liegt da, von Bäumen eingesäumt. Der Besitz muß riesig sein. Wir gehen am Rande des Weges entlang und bewegen uns im Schutze der mächtigen Stämme. Noonoo läuft vor uns her. Es ist fast Nacht, und undeutlich sieht man, wie sich sein helles Fell abzeichnet. Plötzlich bleibt der Hund stehen, alle seine Muskeln sind angespannt, und ich pralle auf Mike, der unvermittelt haltgemacht hat.
Eine Lichtung erstreckt sich vor uns. Rechts und links erblicke ich zwei auf Pfählen stehende Bauten: sicherlich Wachtürme.
Alles ist menschenleer und still, aber bestimmt wird gut aufgepaßt. Der Boxerhund hat sicherlich die Gegenwart von jemandem gewittert.
Was tun?
Mike zieht mich grob nach hinten, ruft seinen Hund mit einem diskreten Pfiff und wirft sich auf den Boden. Ich tue das gleiche. Er kramt in seiner Tasche herum. Sein Arm beschreibt einen Bogen. Und er stopft sich zwei Finger in die Ohren.
Die Granate explodiert mitten unter dem rechten Wachtturm. Es gibt einen ungeheueren Knall, und das kleine

Gebäude stürzt zu Boden. Wir hören Schreie, Flüche. Der Scheinwerfer des andern Wachtturms leuchtet auf und sucht die Dunkelheit ab. Schnell rennen wir zu diesem Gebäude hin und verstecken uns darunter. Dort kann uns sein Scheinwerfer nicht mehr erreichen. Das Prasseln eines Maschinengewehrs ertönt, und die Kugeln zerhacken die Blätter.
»Aufgepaßt!« flüstert Mike. »Es wird gleich rundgehen.«
Der Kerl, der in dem ersten Wachtturm war, ist dabei, sich aus den Trümmern zu befreien. Wenn man dem Glauben schenken darf, was man hört, hat er sich ein bißchen wehgetan, als er herunterfiel. Doch wir sind gemeine Egoisten, und es läßt uns völlig kalt.
Mike steckt die Hand ein zweites Mal in seinen Regenmantel, und da ich weiß, was er daraus hervorholen wird, fühle ich mich leicht belästigt und stopfe mir nun ebenfalls die Ohren zu.
»Ich werds riskieren …«, murmelt er.
Er wischt sich die Stirn ab. Plötzlich bricht über uns ein Höllenspektakel los, und der ganze Raum wird hell erleuchtet. In allen Bäumen gehen elektrische Lampen an.
Mike verliert keine Sekunde mehr. Er geht einen Meter vor und wirft die Granate geradewegs über sich. Dann reißt er mich im Eiltempo mit. Ich habe gerade noch Zeit, das Geräusch der Granate zu hören, die auf den Fußboden des Wachtturms aufschlägt und die Stimme des Wächters, der brüllt:
»Da sind sie … Feuert in den Haufen!«
Armer Alter … er müßte noch sehr viel lauter schreien, um den Krach der zweiten Explosion zu übertönen.
Ich frage mich allmählich, ob sich Mike Bokanski damit nicht ein wenig über seinen Status als Amateurpolizist erhebt.
Natürlich kümmern sich die Brüder auf den Wachttürmen nicht mehr um uns, und wir könnten genauso gut wieder mitten über die Allee schlendern. Aber wir ziehen es vor, in der Deckung der Bäume zu bleiben.

»Ich hoffe, daß der Krach sie alle herbeieilen läßt«, flüstert mir Mike zwischen zwei Sprüngen zu. »In der Zeit können wir dann nachsehen, was da eigentlich los ist.«
»Hoffen wir es«, sage ich.
Ich möchte gern das Ende dieses verdammten Wegs erleben, weil es nicht gerade erfreulich ist, in der Dunkelheit alle zwei Meter mit den Füßen in Dornengestrüpp, Erdlöchern und Wurzelwerk hängenzubleiben, ohne zu wissen, wo man hingeht. Mike Bokanski ist das völlig schnuppe und er schiebt sich wie ein Tank durch das ganze Zeug. Ich sage mir, daß er bestimmt ein gutes Dutzend Handgranaten bei sich hat, und das macht mir ein wenig Angst, doch wenn ich mirs recht überlege, glaube ich schon, daß er sich ihrer zu bedienen weiß und daß er die Verantwortung dafür übernimmt. Trotzdem befällt mich eine gewisse Unruhe, als ich mich wieder daran erinnere, daß Gary bei der Polizei anrufen sollte... Wir haben uns da in eine ganz üble Lage gebracht...
Aber im Grunde soll man die gute Seite der Dinge sehen, und seit einigen Monaten habe ich mich sportlich nicht genügend betätigt. Innerhalb von zwei oder drei Tagen habe ich diese Untätigkeit wettgemacht. Meine Muskeln gehorchen mir unterwürfig und ich bin in Schlägen auf den Kopf so geübt, daß die Wirkung der letzten fast verschwunden ist. Nur die Anschwellung bleibt. Ich höre plötzlich, wie Mikes Hund knurrend stehenbleibt und ich stoße auf seinen Besitzer, der offensichtlich in der gleichen Sekunde stehengeblieben ist. Dieser Hund ist tatsächlich ein vollkommen zuverlässiger Melder.
»Wir sind da«, murmelt Mike.
Vor uns ein großes, weißes Gebäude mit einem Flachdach, ein Bauwürfel, in den einige wenige Fenster eingelassen sind. Wir spähen einige Augenblicke umher. Es ist völlig unwahrscheinlich, daß die Leute, die hier wohnen, die Explosionen nicht gehört haben. Aber alles bleibt ruhig und unbeweglich.
»Gehen wir«, sage ich zu Mike.

»Warten Sie«, sagt Mike.
Ich schaue. Ein Fenster ist gerade hell geworden. Ein Schatten huscht vorbei und es wird von neuem dunkel. Gut. Wir wissen jetzt Bescheid. Es sind Leute im Haus. Nun ja, vielleicht sind sie ganz besonders schwerhörig.
»Wie sollen wir da hineinkommen?«
Ich stelle Mike diese Frage und er nickt zweifelnd mit dem Kopf.
»Wir könnten klingeln«, schlägt er allen Ernstes vor.
Wir haben gut zehn Meter auf offenem Weg zu durchlaufen. Das Beste in einem solchen Fall ist, sich ganz natürlich zu verhalten. Mike geht entschlossen weiter, die Hände in den Taschen. Ich lächle, als ich an diese Taschen denke.
Nichts. Das macht mich immer nervöser.
Er erreicht die Mauer des Gebäudes, und ich bemerke, daß das, was ich für eine Grundmauer gehalten habe, eine Einfassung vollkommen geschnittener Sträucher ist, schottischer Kugelsträucher, etwa in Mannshöhe. Ich will nicht wie ein Feigling aussehen und gehe hinter ihm her.
Vor mir läuft der Hund, und ich bin etwas beruhigter, als ich feststelle, daß er keinerlei Zeichen von Beunruhigung von sich gibt. Ich schiebe mich hinter die Sträucher.
Kein Mike mehr.
Ich taste die Mauer ab. Nichts. Sie ist voll, durchgehend und hart. Ich gehe einen Schritt vor. Es herrscht ein leichter Geruch nach Desinfektionsmittel, der mir vom Fuße der Mauer zu kommen scheint. Es muß dort ein Kellerloch geben. Ich bücke mich, es gibt dort tatsächlich ein Kellerloch, und man kann den Kopf, den Körper und die Füße hindurchschieben: ich ziehe es vor, die umgekehrte Reihenfolge zu wählen und lande neben Mike.
»Das gibts doch nicht, es ist niemand drin.«
»Es waren Wächter am Tor und auf den Wachttürmen«, antwortet er mir voller Logik. »Die sind doch hier, um irgend etwas zu bewachen, oder nicht?«

»Falls sie nicht da sind, um glauben zu machen, daß es etwas zu bewachen gibt«, sage ich mit gleichwertiger Logik, wobei ich mein Kreuzbein mit dem Fingernagel reize, denn es sticht mich.
»Wir werden ja sehen ...«, sagt Mike. »Wir wissen, daß mindestens ein Kerl sich an diesem Ort aufhält: der, dessen Schatten wir am Fenster gesehen haben.«
»Ich warte, bis ich ihn sehe, bevor ich daran glaube ...«, sage ich.
In der gleichen Sekunde werden wir vom Licht einer mächtigen Taschenlampe geblendet. Mike bleibt auf der Stelle stehen und hebt die Hände. Ich mache das gleiche, wir sind in der Falle. Mike pfeift seinem Hund, der sich zu seinen Füßen legt; das ist sicherer für ihn.

C. 16 plaudert aus der Schule

Wir hören nichts. Kein Wort. Über unseren Köpfen geht jetzt eine Lampe an, und wir sehen endlich, wo wir sind, denn jetzt sind wir aus der absolutesten Dunkelheit in die vollkommenste Blendung gestürzt worden.
Vor uns steht ein Kerl in Wächteruniform, der eine Taschenlampe auf uns richtet. Er schaltet sie aus.
»Was wollen Sie«, sagt er. »Warum sind Sie hier hereingekommen?«
»Wir wollten einen Besuch machen«, sagt Mike voller Schneid.
Der andere kratzt sich am Kopf. Er sieht nicht aggressiv aus. Noonoo erhebt sich und schnuppert an ihm, dann kommt er zu uns zurück. Er sieht ganz bestürzt aus und versteckt sich zwischen den Beinen seines Herrn.

Das ist wirklich seltsam.
»Weil...«, sagt der (mutmaßliche) Wächter, »jetzt ist nämlich keine Besuchszeit in der Klinik... und außerdem empfangen wir keine Besucher...«
Ich informiere mich höflich:
»Ist das eine Klinik?«
»Selbstverständlich«, antwortet der Mann. »Die beste im Umkreis von Kilometern. Günstige Preise, auf Anfrage Pauschalpreise, gesunde Luft, in unmittelbarer Nähe der Berge, reichliches Essen...«
Er spricht weiter, als ob er aufgezogen wäre.
»Stop«, sagt Mike, »es reicht. Und hol die Hand aus deinem Hosenlatz.«
Er hört abrupt auf, als ob man den Hahn abgedreht hätte. Ich bin ein wenig verwundert. Mike und ich sehen uns an. Mike gewöhnt sich allmählich wieder an das Licht, und ich auch, und dieser Kerl legt ein seltsames Benehmen an den Tag. Er spricht mit einer Kopfstimme und schaut starr vor sich hin. Er sieht etwas verstört aus, er scheint nicht bewaffnet zu sein. Mike nimmt entschlossen die Arme herunter und geht auf den Kerl zu. Der rührt sich nicht.
»Wie heißen Sie?« fragt Mike.
»Ganz nach Belieben«, sagt er, »in der Regel nennt man mich bei meiner Seriennummer.«
»Wie bitte?« sagt Mike...
Ich erlebe zum erstenmal, daß Bokanski wirklich aus der Fassung gerät. Außerdem kann er sich nicht mehr dadurch aus der Patsche helfen, daß er in alle Ecken Handgranaten wirft.
»Was für eine Seriennummer?« sage ich.
Der andere zieht seine Mütze aus und kratzt sich am Kopf. Er hat kein einziges Haar auf der Birne. Er ist merkwürdig. Ich gehe nun ebenfalls an ihn heran. Er sieht etwas nach Ausschuß aus.
»Meine Seriennummer«, sagt er. »Nummer sechzehn, Serie C. Sie können mich C. 16 nennen.«

»Ich nenne Sie lieber Jef Devay«, sage ich.
»Warum?« fragt Mike.
»Ich hatte an der Uni einen Kumpel, der so hieß«, sage ich. »Der ist auf die schiefe Bahn geraten. Jetzt ist er Journalist. Außerdem gleichen Sie ihm überhaupt nicht.«
»Es ist ein hübscher Name«, sagt C. 16. »Ich nehme ihn gern an. Dr. Schutz hat vergessen, mir einen Namen zu geben. Ich interessierte ihn nicht. Außerdem war die ganze Serie mißlungen. Nur ich und C. 9 haben überlebt. Aber C. 9 ist verrückt. Er onaniert.«
»Hören Sie«, sagt Mike Bokanski. »Es wäre mir sehr lieb, wenn Sie jetzt aufhören wollten, uns den Kopf mit Geschichten vollzuquasseln, bei denen man auf einer Wasserpfütze im Stehen einschläft. Was treiben Sie hier? Wollen Sie uns aus diesem Raum herauslassen, damit wir sehen können, was in diesem Haus vorgeht?«
»Gern«, sagt Jef Devay (ich ziehe es vor, ihn so zu nennen). »Aber ich muß Sie begleiten. Theoretisch müßte ich sogar Alarm geben. Aber ich bin ein Fehlprodukt und manchmal folge ich nicht den Anweisungen. Andernfalls wären Sie schon mehr oder weniger tot.«
Dieser Bursche ist völlig behämmert. Ich sehe Mike an und stelle fest, daß er die gleiche Überlegung anstellt wie ich. Übrigens würde ich jetzt gern in meinem Bett liegen (mit Sunday Love, aber das wage ich aus Keuschheit nicht dazuzudenken).
»Der Doktor ist heute nachmittag abgereist«, sagt Jef. »Er hat Experimente in der Mache, deshalb sind einige seiner Gehilfen geblieben. Wollen Sie die Experimente mal sehen? Wirklich hübsche Experimente. In Saal acht arbeiten sie gerade an einem wahrhaft schönen Mädchen. Sie scheint Bérénice zu heißen.«
Ich packe ihn am Handgelenk.
»Sind Sie etwa im Begriff, sich über uns lustig zu machen, mein Lieber?« sage ich.

Ich drücke wahrscheinlich etwas fest. Ich vergesse immer, daß ich eine Kokosnuß in meinen Fäusten knacken kann. Er wird blaß und spricht schneller.
»Lassen Sie mich los«, sagt er. »Bitte. Bitte, lassen Sie mich los. Kapieren Sie denn nicht, daß ich voller Fabrikationsfehler bin? Ich habe nur eine, und sie ist das Duplikat der andern.«
»Genug mit dem Unsinn, Alter«, sagt Mike. »Wie wärs, wenn Sie uns jetzt mal in diesen Saal acht führten? Über alles andere werden wir uns nachher verständigen.«
»Gut, gut«, sagt er. »Ich führe Sie hin. Aber ich will Ihnen noch was sagen: gemacht hat mich Dr. Schutz, künstlich, und er hat mich ein bißchen verpfuscht. Deshalb erzähle ich Ihnen alles, was ich nicht darf. Dr. Schutz macht Experimente mit Männern und mit Frauen, und er stellt in sehr kurzer Zeit neue aus ihnen her. Er ist ein großer Doktor. Ich bin ihm mißlungen, aber ich bin ihm deswegen nicht böse, seine Gehilfen hatten einen Schnitzer gemacht... Sie hatten mich im Schwitzkasten vergessen. Alle andern waren im Eimer, alle aus der Serie, außer C. 9 und mir...«
Er lacht scheppernd.
»Diese Geschichte imponiert Ihnen wohl ... Ich bin daran gewöhnt. Alle Gehilfen von Doktor Schutz sind wie ich künstlich gemacht. Das geht anscheinend ganz leicht... Anfangs nahm er Leute von draußen, aber das war zu gefährlich, weil sie reden konnten. Wir reden nicht.«
Er lacht wieder unangenehm:
»Außer mir natürlich, denn ich bin verpfuscht!«
»Gut, gut«, sagt Mike. »Wir haben begriffen. Dann macht Dr. Markus Schutz also Experimente mit Männern und mit Frauen und mit der Fortpflanzung?«
»Ja«, sagt Jef Devay. »Er verbessert die Rasse. Er wählt schöne Jungen und schöne Mädchen aus und läßt sie sich fortpflanzen; das ist übrigens sehr lustig anzusehen, und ich bin sicher, daß Sie gern hundertfünfzig oder zweihundert Paare sehen

würden, die dabei sind, Kinder zu machen. Er hat einen Haufen Dinge erfunden: Möglichkeiten, die Entwicklung der Embryos zu beschleunigen und auf diese Weise in einem einzigen Monat drei oder vier Generationen zu machen, indem er den Embryos Keimdrüsen entnimmt und damit die Eierstöcke der weiblichen Embryos von neuem befruchtet... ich kann Ihnen das alles nur sehr schlecht erklären. Ich kenne das alles nur vom Hörensagen, und ich erzähle es weiter, weil ich aus der Serie bin, die zu lange gekocht hat und weil ich böse bin, schlecht gesinnt und von einem sehr großen Haß auf Dr. Schutz erfüllt bin, obgleich der nichts dafür kann.«

Mike und ich sind für einen Augenblick völlig sprachlos über das, was er uns gerade erzählt hat. Mikes Hund knurrt und drückt sich ganz hinten in den Raum, so weit wie nur möglich von dem Knaben entfernt.

»Er ist unsicher wegen mir«, fährt dieser fort und zeigt auf Noonoo, »weil ich keinen menschlichen Geruch habe. Unter anderem. Das verwirrt ihn.«

Und dann sehe ich, wie die Tür, an die er sich lehnt, auf einen Schlag aufgeht und die Schnauze eines Revolvers lächelt mich hübsch und rund an – etwas schmollend allerdings, das muß ich zugeben... C. 16 wird von einer Hand gepackt, die mir von prächtiger Größe zu sein scheint, und er wird nach hinten gezogen. Vor uns zwei Männer, die die gleiche Uniform tragen wie er.

»Wir suchen euch schon eine ganze Weile«, brummt der erste, ein großer, braungebrannter, schlanker Typ mit sehr weißen Zähnen und einem schmalen Schnurrbart. Ich kann den andern nicht richtig sehen. Eine jähe Bewegung, die er macht, zeigt ihn offen. Ich habe Mühe, daß ich nicht vor Überraschung aufschreie. Sie sind völlig identisch. Mike tritt natürlich ins Fettnäpfchen.

»Ihr seid sicherlich beide aus der gleichen Serie?«

Sie sehen ihn an, ohne daß sich auch nur ein einziger Muskel ihres Gesichts bewegt.

»Folgen Sie uns.«
Nummer 1 tritt zurück, um uns durchzulassen und Nummer 1a geht uns in einem weißen Flur voran, der ganz erstaunlich dem ähnelt, in dem ich mich mit den beiden Krankenpflegern auseinandergesetzt habe, an dem Abend, an dem diese ganze Geschichte begann.
»Wo führen Sie uns hin?« fragt Mike im Gehen.
»Halten Sie den Mund!« sagt der, der uns folgt.
Der Flur ist endlos. Wir müssen etwas tun. Mike fängt an, vor sich hinzupfeifen. Ich frage mich, wo C.16 hingekommen ist. Hat ihn ein dritter weggeführt? Was haben sie mit ihm getan? Ich hatte einen schlechten Platz, als man ihn durch die offene Tür nach hinten gezogen hat, und ich habe nichts gesehen. Bitter werfe ich mir meine Dummheit vor. Wir haben kostbare Zeit in diesem Keller mit Diskutieren verloren. Wir hätten sie nutzen können, um das Gebäude auszukundschaften. Ich komme einfach nicht umhin, an das zu denken, was dieses wunderliche Geschöpf uns erzählt hat … Wer ist Markus Schutz? Daß er Experimente machte, habe ich geahnt, da ich die Fotos gesehen habe – und sie konnten keinen Zweifel lassen. Aber diese Fortpflanzungsgeschichten, diese Geschichten von einem menschlichen Gestüt? Einfach unmöglich, daß solche Dinge in Kalifornien geschehen. Meiner Meinung nach sieht die Wahrheit anders aus: dieser Dr. Schutz leitet eine Privatklinik und behandelt wahrscheinlich Geisteskranke, von denen einer entkommen ist … Und nebenher betreibt er noch alle möglichen unsauberen Geschäfte. Aber ich verwerfe diese Erklärung. Das ist unmöglich. Es ist dumm, es kann sich nur um eine furchtbare Sache … um eine entsetzliche Sache handeln … doch wer sind diese beiden identischen Männer, die uns zwischen sich genommen haben?
Verflixt, ich möchte gern mit Gary Kilian über das alles reden. Was er wohl treibt? Hat er die Polizei benachrichtigt?

Dummkopf, der ich bin ... Natürlich dürfte er sie nicht benachrichtigt haben ... Nick Defato ist in Los Angeles allmächtig, aber hier, in San Pinto, was kann er da ausrichten? In so einem kleinen Kaff ist es doch ein Leichtes, das ganze Polizeirevier aufzukaufen ... Den Sheriff und seine Beamten.

Gut. Dieser Punkt ist abgehakt. Von der Polizei ist nichts zu erwarten. Aber Gary? und Andy Sigman? Wo sind sie?

Und Mikes Handgranaten? Die Männer vom Wachtturm?

Mein Gott, je länger das dauert, um so mehr gleicht alles einem Alptraum. Und wir laufen immer noch durch diesen weißen Flur. Mike pfeift vor sich hin ... Ich höre das leise Scharren von Noonoos Krallen auf dem betonierten Fußboden. Er trabt hinter dem Wärter her, der mir folgt.

Mike ist ganz nahe bei dem, der vorausgeht. Und plötzlich sehe ich, wie er einen Satz macht und zwischen den Zähnen brüllt.

»Faß, Noonoo! Los!«

Ein Röcheln in meinem Rücken, und ich drehe mich um und sehe, wie mein Hintermann die Hände an den Hals bringt und versucht, sich von der Masse des Boxers freizumachen, der augenblicklich gehorcht hat. Er macht sich halb frei, hebt den Revolver und will schießen, doch ich packe ihn und drehe ihm den Arm in die falsche Richtung. Es kracht. Gut, ich habe ihn gebrochen, Pech gehabt, das gehört eben zum Berufsrisiko.

Unterdessen schlägt Mike gewissenhaft den Kopf des andern Wächters auf den Beton. Er lächelt breit, während er die Schläge zählt. Bei fünfzehn hört er auf. Das ist ein gutes Maß.

Der Bursche, dem ich den Arm ausgerenkt habe, ist gerade ganz lieb in den meinen ohnmächtig geworden. Ich lege ihn auf den Boden an die Wand und durchsuche ihn ein wenig, denn man sollte die guten Gewohnheiten nicht aufgeben. Natürlich hat er nichts in den Taschen. Wenigstens nichts Interessantes.

»Jetzt«, sagt Mike halblaut, »müssen wir uns etwas beeilen. Wo ist denn unser Kauz hingekommen?«
»Wen meinst du«, sage ich. »Jef?«
»Ja... Jef... Was haben sie mit ihm gemacht? Nur er kann uns führen ...«
»Das ist doch nicht kompliziert«, sage ich... »Immer geradeaus.«
»Wir sind an Türen vorbeigekommen«, sagt Mike... »und ich möchte wissen, was dahinter ist ...«
»Gehen wir also schnell wieder zurück... Aber der ist wahrscheinlich gerade mit seinen kleinen persönlichen Übungen beschäftigt.«
Wir schlagen die Köpfe unserer Ex-Wächter ein letztes Mal auf den Boden. Ich vermeide es, sie anzuschauen, sie sehen sich allzu ähnlich; und im Laufschritt kehren wir an unseren Ausgangspunkt zurück.
Die Tür ist geschlossen. Direkt davor gabelt sich der Flur in zwei Seitenzweige; wir haben das vorher gar nicht gemerkt. Wo ist der glatzköpfige Mann hingekommen? Was haben sie mit ihm gemacht?
»Vielleicht waren sie zu dritt«, sage ich zu Mike.
»Möglich«, brummt er. »Den Hund brauchen wir erst gar nicht zu bitten, uns aus der Patsche zu helfen, denn dieser Kerl riecht ja nach nichts... So ein Kalb!...«
»Sie haben ihn sicherlich eingebuchtet«, sage ich. »Wie wärs, wenn wir versuchten, alle Türen aufzumachen?«
»Das ist riskant«, sagt Mike. »Welchen Flur nehmen wir?«
Wir können nach rechts gehen, nach links oder dorthin zurückkehren, wo wir unsere beiden Verführer in einem jämmerlichen Zustand zurückgelassen haben.
»Sollen wir nicht besser abhauen?« sage ich noch. »Indem wir wieder durch das Kellerloch steigen?«
»Die Tür ist abgeschlossen«, sagt Mike.
Er hat eine Art, mich anzuschauen, daß ich rot werde. Es ist dumm, wenn man rot wird. Trotzdem ... wie wohl man sich doch zu Hause fühlt...

»Ich habe nicht etwa Schiß«, sage ich, »ich habe nur schlicht und einfach etwas Lust, mal zu schlafen.«
»Mann«, sagt Mike Bokanski, »ich habe den Eindruck, daß ich an Ihrer Stelle eher Lust nach Kompressen und einem Paar Krücken hätte … Ich weiß zwar nicht, aus was Sie gemacht sind, aber das Material hält allerhand aus … Wo wir schon da sind, machen Sie die Tür trotzdem wieder auf … es kann sein, daß wir stiften gehen müssen, das ist dann wenigstens ein Ausgang, den wir kennen.«
Ich gehe an die Tür heran und betrachte sie mir. Sie ist handfest. Ich stoße etwas mit der Schulter. Sie bewegt sich nicht. Ich trete zurück.
»Achtung«, sage ich zu Mike.
Ich nehme einen Anlauf und stürze mich mit meinen neunzig Kilos drauf. Es kracht von allen Seiten, und ich setze mich mitten in ein Dutzend Holzstücke. Mike hilft mir wieder hoch. Das geht nicht ohne Lärm ab.
»Ich begreife überhaupt nichts mehr«, sagt er. »Überlegen Sie doch mal, was für einen Spektakel wir seit einer halben Stunde machen! Und gekommen sind lediglich drei völlig verrückte Typen.«
»Ein seltsamer Ort«, sage ich und massiere dabei mein rechtes Schlüsselbein. »Aber ich habe jetzt langsam ein bißchen die Schnauze voll.«
Mike betritt den Raum und stellt fest, daß das Kellerloch immer noch da ist. Ich bin ihm gefolgt und zucke zusammen. Noonoo hat gerade gebellt, ein kurzes, dumpfes Bellen. Wir drehen uns um und verstecken uns auf beiden Seiten der aufgeschlitzten Tür.
»Allmählich fange ich an zu begreifen«, sage ich. »Dieser Raum hier dient ihnen als Mäusefalle.«
Das Geräusch von Schritten kommt näher. Mike hat seinen Hund herbeigerufen.
Wir warten. Die Schritte machen vor der Tür halt. Noonoo verkriecht sich angewidert zwischen Mikes Beinen. Der Mann kommt herein.

»Na«, sagt er (und ich erkenne die Stimme von C.16 oder Jef Devay). »Haben Sie sich die Operation in Saal acht angesehen?«

Hausbesuch

Wir bleiben stumm.

»Sie haben angefangen«, erzählt Jef weiter. »Es wäre besser, wenn Sie sofort mitkämen. Die Operationen dauern in der Regel nicht sehr lange.«

»Wir folgen Ihnen«, sagt Mike. »Wo ist denn dieser Saal acht?«

»Zwei Stockwerke tiefer«, sagt Jef. »Wir nehmen den Aufzug. Sagen Sie mal, Sie haben ja die Tür eingeschlagen?«

»Ja«, sagt Mike. »Aber reden Sie nicht drüber, es war ein kleiner Irrtum.«

»Geben Sie mir nicht solche Empfehlungen«, sagt Jef. »Sie wissen doch genau, daß ich alles weitererzähle, was ich für mich behalten soll.«

»Entschuldigen Sie bitte«, sagt Mike. »Und nehmen Sie bitte die Hand aus der Tasche.«

Jef macht kehrt und wir folgen ihm auf dem Fuße. Wir haben noch keine drei Meter zurückgelegt, als der Hund Noonoo halt macht und schwanzwedelnd zu unserem Ausgangspunkt zurückgaloppiert. Wir hören Ausrufe und drehen uns um. Wir erblicken Gary Kilian und Andy Sigman, die interessiert den Zustand der Tür in Augenschein nehmen.

Ich bin froh, daß ich sie wiedersehe. Gary scheint sich von der Schlägerei vom Nachmittag erholt zu haben. Ich will Ihnen sein Gesicht nicht beschreiben, denn ich habe Ihnen zu Anfang dieser Geschichte erzählt, daß er ein hübscher Junge ist, und im Augenblick entspricht das überhaupt nicht

mehr dem Bild, das ich Ihnen von seiner Physiognomie geben könnte.
Wir verlieren keine Zeit mit Plaudern. Es ist schon ungewöhnlich genug, daß sie da sind. Mike erklärt ihnen mit zwei Worten, was wir seit unserer Trennung vor der großen Backsteinmauer erlebt haben. Wir stellen ihnen den falschen Jef Devay vor, der über diese zusätzliche Gesellschaft entzückt zu sein scheint, und wir setzen uns hinter ihm wieder in Marsch. Sein rechter Arm bewegt sich immer noch gleichmäßig.
Zum zweiten Mal geht es in den großen Flur, aber wir biegen sofort nach rechts ab und nach einigen Schritten stehen wir vor einer Batterie von Aufzügen, die groß genug sind, daß jeder einen Packard und zweiundzwanzig Zugposaunen transportieren könnte.
Jef Devay drängt uns zum dritten Aufzugsschacht, und unter dem Druck seines Fingers geht die Tür auf. Wir gehen alle fünf hinein, und die Maschine versinkt in den Boden.
Sie hält, ohne daß wir auch nur das geringste gespürt haben, und schon sind wir in einem zweiten Flur, der mit dem ersten identisch ist. Der Bau dieses Besitztums muß unseren Freund Markus Schutz eine beachtliche Anzahl blauer Lappen gekostet haben.
Jef biegt nach rechts ein. Mike läßt seinen Hund nicht aus den Augen, bereit, auf das kleinste Zeichen der Unruhe des großen, gelben Tiers zu reagieren. Dieser verfluchte Mike läuft hartnäckig mit den Händen in den Taschen herum, und ich bin ständig darauf gefaßt, daß er seine Ostereier in die Natur wirft... Das stört mich ein bißchen. All die Hiebe, die ich seit zwei Tagen einstecken mußte, ärgern mich auch ein wenig, und ich möchte lieber ein Gläschen mit kleinen, achtzehnjährigen Mädchen trinken, als kilometerweit von der nächsten Stadt entfernt einem aus dem Irrenhaus Entflohenen durch Flure zu folgen, die nach Äther stinken.
Jef bleibt stehen und macht eine Tür auf, die ich kaum bemerkt hatte.

»Treten Sie ein«, sagt er. »Wir werden uns schön machen.«
Wir lassen ihm den Vortritt und er stürzt sich in den Raum. Dieser ist quadratisch und makellos rein. Türen ... Metallschränke, ringsum alles weiß lackiert. Jef macht fünf von den Schränken auf, damit wir uns bedienen können.

»Wenn Sie diese bezaubernde Kleidung anlegen wollen«, sagt er. »Damit können Sie jeden Raum betreten, den Sie betreten wollen.«

»Ist sie sterilisiert?« fragt Gary.

»Nein«, sagt Jef lächelnd, »aber wir gehen gleich zum Sterilisator hinüber. Sie brauchen keine Angst zu haben. Alles ist bestens eingerichtet. Mich haben sie zwar verpfuscht, aber man kann wirklich sagen, daß es nicht ihre Schuld war. Es war reine Unachtsamkeit, und außerdem standen die Experimente erst am Anfang. Übrigens ist es ganz angenehm, wenn man den ganzen Tag onaniert.«

Andy und Gary sind an die Reden Jef Devays nicht gewöhnt, und das scheint einen gewissen Eindruck auf sie zu machen, aber unser komischer Kauz schert sich nicht darum und schleppt uns zu einer anderen Tür, die von Kleiderschränken flankiert ist. Er geht als erster durch. Wir folgen ihm und befinden uns in einer Art Zelle. An einer der Wände sind Skalenscheiben angebracht. Die Türen sind mit Schaumgummi gepolsterte Doppeltüren, und neben den Skalenscheiben zeigen einige Hebel Markierungen und Nummern.

»Fünf Minuten«, sagt Jef, »dann ist es erledigt«.

Er stellt sich vor die Apparate, wirft einen ersten Hebel herum, der schlagartig die Tür schließt, die wir aufgelassen haben, betätigt dann die andern Instrumente, und der Raum füllt sich mit einer Art lauwarmem, duftenden Nebel, sicherlich ein Desinfizierungsmittel. Die Temperatur steigt, und der Nebel wird dichter. Trotzdem atmet man ganz leicht. Wahrscheinlich ist es ein neues Verfahren. Dr. Schutz dürfte wohl mehrere Pfeile in seinem Köcher haben.

Nach etwas mehr als fünf Minuten ertönt ein Gong mit einem sehr reinen, dunklen Klang, und Jef stellt die Hebel wieder auf Null. Dies hat zur Folge, daß sich ein neuer Durchgang öffnet, der dem gegenüber liegt, durch den wir gekommen sind, und dorthin begeben wir uns. Mike Bokanskis Hund scheint von seiner Sterilisierung entzückt zu sein und er niest fünf oder sechs Mal, bevor er seinem Herrn auf dem Fuße folgt.

Jetzt stehen wir vor einer neuen Tür.

Ein Druck auf den Öffnungsknopf, und sie gleitet geräuschlos in ihren Rillen. Wir erblicken eine kreisförmige Wand, wie die Rückwand eines Theaters, und wir befinden uns in der Entsprechung des Wandelganges, der zu den Logen führt. Eine Reihe von Bullaugen mit dickem Glas ist eingelassen, und ein grelles, unerbittliches Licht schießt aus ihnen heraus, das so stark ist, daß wir geblendet zurückweichen.

Jef eilt nach rechts und Andy Sigman folgt ihm. Gary zieht mich mit. Mike schließt die Gruppe ab, zusammen mit dem Boxer, der ein wenig verwirrt ist von all dem, was er sieht. Sicherlich hat er Mühe, sich unter all diesen Düften in den Sälen zurechtzufinden.

Jef bleibt stehen. Wir tun das gleiche, und jetzt, wo unsere Augen ans Licht gewöhnt sind, pressen wir unsere Gesichter begierig an die Bullaugen.

Zuerst kann ich kaum etwas erkennen. Und dann sehe ich. Zwei Meter vor mir eine lang ausgestreckte Form, bedeckt mit weißen Laken, die ein Operationsfeld von zwanzig Quadratzentimetern frei lassen. Drei Männer, alle in der gleichen Kleidung wie wir, machen sich um den Körper herum zu schaffen. Daneben, auf einem anderen Tisch, eine Frau. Diesmal ist das Operationsfeld viel größer, denn sie ist mit den Füßen, den Schenkeln und den Knöcheln an den Tisch festgebunden, und ein glänzendes, flaches Stahlband umschließt ihren Bauch. Ansonsten ist sie verhüllt. Sie scheinen sich im Augenblick nicht um sie zu kümmern.

Am Kopf eines jeden Tisches ist eine komplizierte Apparatur angebracht. Für die Anästhesie vielleicht.
Ich versuche zu sehen, ob noch andere Gehilfen in dem Raum sind, doch die relative Dunkelheit außerhalb des blendenden Lichts der beiden Riesenscheinwerfer erleichtert mir die Sache nicht; ich glaube, es sind insgesamt nur drei Männer.
Sie machen sich um den ersten Tisch herum zu schaffen. Ich versuche herauszufinden, was sie tun, aber einer von den dreien wendet mir den Rücken zu. Eine leichte Bewegung erlaubt mir zu erraten, daß sie im Begriffe sind, einen Mann zu operieren. Ich kann nicht hinsehen …
So was würde man nicht einmal seinem schlimmsten Feind antun. Ich wende den Kopf ab. Ich habe genug. Ich habe begriffen, wo die Fotos herkommen. Ich lege keinen Wert darauf, noch mehr zu sehen. Am liebsten würde ich weggehen. In kühles Wasser tauchen. Im Pazifischen Ozean ein Bad nehmen. Der wäre gerade groß genug.
Kaum habe ich den Kopf umgedreht, als ich das Gefühl einer Bewegung zu meiner Linken habe. Ich höre das Knurren Noonoos und blitzschnell sehe ich, wie er sich flach auf den Boden legt und zurückweicht, bevor er zum hinteren Teil des Wandelgangs saust. In diesem Augenblick geht alles sehr schnell. Ich stehe einem Burschen gegenüber, der einen guten Kopf größer ist als ich … Das gibts doch nicht, ich muß bescheuert sein. Er trägt keine Maske. Er ist ganz weiß gekleidet.
»Mike! … Gary! …«
Ich finde die Kraft, mit erstickter Stimme ihre Namen zu schreien, und schon fallen die Pranken des Ungeheuers auf mich herab. Seine harten, kalten blauen Augen mustern mich … so wie man eine Wanze betrachtet. Ich spüre, wie seine Finger mir wie Stahlzangen die Schulterblätter zerquetschen. Ein Schuß … zwei … Ich brülle … Ich habe Schmerzen … Ich winde mich zwischen den Fingern dieses Viehs … Sein Ge-

sicht sieht mich an. Mein Gott! Es ist ausdruckslos ... Auf seiner Stirn ist ein rotes Loch zum Vorschein gekommen, das Blut läuft über sein Gesicht, und er drückt zu ... er drückt immer fester zu ... Ich spüre, wie mir die Tränen in die Augen steigen ... Gleich wird es krachen ...

Noch zwei Schüsse ... Wir fallen fast gleichzeitig. Mike befreit mich von dem mächtigen Leichnam, der nicht gezuckt hat, als er zusammenbrach.

Ich habe kaum Zeit, wieder auf die Beine zu kommen, und Jef ruft uns mit sanfter Stimme.

»Es wäre wohl besser, wenn wir jetzt gingen«, sagt er. »Dr. Schutz wird sich bestimmt nicht freuen, daß Sie eines der Subjekte aus der Serie R getötet haben.«

Gary hatte ihn mit zwei Schüssen in den Rücken ... in Höhe des Herzens erledigt. Alles, was nun folgt, geht viel zu schnell, als daß ich Zeit hätte, an meine von der Stahlfaust des Monsters zerquetschten und malträtierten Schultern zu denken. Wir galoppieren hinter Jef Devay her, der uns in die Tiefen des Flurs schleppt. Ein Durchgang, in den wir uns stürzen, wir biegen nach rechts ab, dann wieder nach rechts ... Ich bin völlig verloren. Väterchen Sigman amüsiert sich prächtig, und ich höre, wie er hinter seiner Maske gluckst, entzückt von dem Abenteuer.

Ich ... also ehrlich gesagt, ich habe Hemmungen, es Ihnen zu sagen ... mein Gott, ich bin zwanzig Jahre alt, ich bin zweihundert Pfund schwer, nichts als Muskeln ... es gibt kaum was, wovor ich Angst habe ... verflixt ... also schön ... was solls ... ich sags doch ... na ja, beim Laufen merke ich tatsächlich ... Genau. Wie ein dreijähriges Kind. Ich habe meine Hose naß gemacht, eine solche Angst hat mir dieses monströse Vieh eingejagt.

Und wieviele von dieser Sorte sind wohl noch in diesem höllischen Bau ... Mir ist jetzt klar, warum es ihnen ziemlich schnuppe ist, ob jemand reinkommt oder nicht reinkommt ...

Mit solchen Burschen als Polizei laufen sie keine Gefahr, daß sie lange gestört werden.

Aber was für neue Scheußlichkeiten werden wir zu sehen bekommen? Ich bin so in meine Überlegungen vertieft, daß ich in Mike Bokanski renne, er ist direkt vor mir stehengeblieben, und ich bin weitergegangen, zum Glück war er da, denn ohne ihn wäre ich auf die Mauer geprallt, aber mir graust bei dem Gedanken an seine Handgranaten, und wie von einer Tarantel gestochen springe ich auf. Er ist mir nicht böse… er sieht genauso verstört aus wie Gary und Andy. Nur Jef bleibt unerschütterlich.

»Es ist nichts«, sagt er zu uns. »Hier riskieren wir nicht viel. Ich persönlich bin entzückt, daß Sie R. 62 getötet haben. Er hat ständig Witze über mich gerissen, weil ich zu heiß gekocht war. Gewiß, bei ihm war alles in Ordnung… das stimmt schon … aber er ist tot; das hat er davon.«

»Schon gut«, unterbrach ihn Gary. »Wie kommt man hier wieder raus?«

»Oh!« sagte Jef sehr mondän, »es wäre lächerlich und unfreundlich, wollte man die mustergültige Privatklinik des Dr. Schutz verlassen, ohne wenigstens die Inkubationskammern sowie die Kammern für die beschleunigte Alterung der Embryos besichtigt zu haben. Dann kann ich Ihnen nämlich ganz genau und im Detail den Unfall erklären, den ich gehabt habe, was Sie sicherlich im höchsten Grade interessieren wird.«

»Verflixt«, sage ich … »Ich bin bedient! Laßt uns abhauen, und zwar schnell. Ich gebe Dr. Schutz auf. Es würde mir sehr viel mehr Spaß machen, den Weinanbau in San Bernoo zu studieren. Und Sie«, sage ich, »Sie nehmen wir mit, wenn Sie wollen. Als Souvenir.«

»Na«, sagt Mike… »nun beruhigt euch beide mal wieder. Wir haben immerhin eine gute Gelegenheit, interessante Dinge zu sehen…«

»Aber ja«, sagt Andy Sigman… »Rock, Gary, meine Kinder, ihr seid müde, und ich verstehe das auch, nach dem, was ihr durchgemacht habt, aber vergeßt nicht, daß es jetzt erst anfängt, spannend zu werden. Denkt an den armen Andy... ein alter Knabe, der sich den ganzen Tag langweilt ... Ich habe nicht alle Tage Gelegenheit, Dinge dieser Art zu sehen ...«

»Hören Sie«, sage ich, »die Chancen stehen schon eins zu zehn, daß wir Unannehmlichkeiten bekommen nach dem Granatencoup des guten Mike ... aber wenn wir alle Kerle töten müssen, die wir hier finden, weil sie nicht mit sich reden lassen, wird es uns immer schwerer fallen, der Polizei das alles zu erklären.«

»Lassen Sie uns nur machen«, sagt Mike. »Andy und ich werden das schon in Ordnung bringen.«

Jef Devay wird unterdes ungeduldig.

»Beeilen Sie sich«, sagt er. »Sie haben den ganzen Tag über Kisten weggeschafft und ganze Säle leergemacht, und morgen nehmen sie den Rest mit. Halten Sie sich also etwas ran. Andernfalls sehen Sie nichts mehr.«

Wir spitzen die Ohren und folgen ihm.

»Was haben sie denn weggeschafft?« fragt Mike gleichgültig.

Jef lächelt listig.

»Ah! Ah!« sagt er. »Sehen Sie jetzt, wie lästig ich bin? Ich habe schwören müssen, daß ich nichts sagen werde, und seit Ihre Freunde gekommen sind, erzähle ich alles ununterbrochen.«

Wir erreichen eine neue Tür, die vor Jef aufgeht. Wir betreten eine Art Schleusenkammer, die von einer violetten Leuchtröhre schwach beleuchtet wird. Nach dem harten Licht im Flur und dem blendenden Licht im Operationssaal ist das ausgesprochen beruhigend, wenn auch etwas unheimlich.

»Wußten Sie nicht, daß Dr. Schutz San Pinto verlassen will?« sagt Jef.

Wir sind vor einer mattglänzenden Stahlplatte stehengeblieben. Die Stille ist total. Es herrscht hier eine seltsame Atmosphäre, ein wenig wie in den großen Sälen des Aquariums ... feucht ... warm ... beunruhigend.

»Trödeln wir nicht lange hier herum«, sagt Gary. »Die Geschichten von Schutz können Sie uns ein andermal erzählen.«
»Aber nein«, sagt Mike... »wir haben doch Zeit... lassen Sie ihn erzählen.«
»Außerdem weiß ich nichts«, sagt Jef. »Gestern sind Lastwagen angekommen und heute haben sie den ganzen Tag Material weggefahren, Apparate und Serien mit Versuchspersonen. Alle Versuchspersonen der Serien D bis P. Und Dr. Schutz ist heute abend selber weggegangen. Morgen wird dieser Saal geleert sein. Ich glaube, er hat die Klinik verkauft.«
»Wo geht er denn hin?« fragt Mike urplötzlich.
»Aber... das weiß ich doch nicht«, sagt Jef. »Reden Sie nicht so mit mir, ich bin sehr ängstlich.«
Er betätigt den Öffnungshebel der großen Stahlplatte, die rechts in die Wand gleitet, und wir gehen durch. Hier herrscht das gleiche Licht wie in der Schleusenkammer. Wir gewöhnen uns allmählich daran.
Der Saal ist sehr groß, mindestens dreißig oder vierzig Meter lang. Es ist eher so etwas wie ein langer Gang. In regelmäßigen Abständen weiße Porzellansockel ... nein, es ist lackierter Stahl, auf denen Kästen aus dickem Glas stehen, die von unten sanft beleuchtet werden. Wir machen einige Schritte. Es ist sehr warm, sehr viel wärmer als in der Schleusenkammer, und wir können nur mit Mühe atmen; dabei haben wir schon vor einigen Minuten unseren Gesichtsschutz heruntergerissen. Ich beuge mich über einen der Kästen. Ich verstehe nicht recht, was ich sehe. Jeder Glaskasten ist mit einer dicken Glasplatte bedeckt.
Plötzlich weiche ich zurück und stoße einen Entsetzensschrei aus. Der Kopf, der mich auf der anderen Seite der Scheibe mit seinen entsetzlichen, rötlichen, hervorquellenden Augen ansieht, ist der eines menschlichen Fötus. Der mich ansieht, ist so eine Redensart... denn dünne, gespannte

Augenlider bedecken die Augenhöhlen. Das bewegt sich schwach… es ist ein entsetzlicher Anblick… in einer trüben Flüssigkeit.
Mike, Gary und Andy sind über andere, gleichartige Objekte gebeugt… und das Schauspiel scheint sie nicht zu Begeisterungsstürmen hinzureißen. Neben jedem Kasten ist eine Schalttafel, auf der Hinweise stehen, deren Bedeutung ich nicht verstehe.
Ich entferne mich einige Schritte, aber es gibt überall welche, und jetzt weiß ich auch, was in allen Glaskästen liegt, und ich habe nur noch den einen Wunsch, wegzugehen.
Ich packe Jef Devay bei der Schulter.
»Haben Sie uns nichts Besseres zu zeigen?«
»Sie sind nicht alle so«, sagt er. »Ganz hinten im Saal finden Sie welche, die schon weiter sind.«
»Mir reichts«, sage ich.
»Aber für die andern gibt es kein Wasser mehr«, sagt er. »Sie sind… äh… sie leben eigentlich schon. Sie sind… geboren, wenn ich mal so sagen darf.«
»Meinetwegen brauchen Sie sich nicht zu genieren. Aber das sagt mir nichts.«
»Aha!…« sagt Jef. »Im Grunde sehen Sie, was mir passiert ist. Meine Schaltregelung war gestört. Ich lag die ganze Zeit über in einer zu heißen Flüssigkeit.«
»So schlecht ist Ihnen das auch wieder nicht bekommen«, sage ich.
Ich gehe zu Gary, Andy und Mike hinüber.
»Nicht schön«, sagt Mike. »Trotzdem interessant.«
»Bleibt nur zu wissen, wie er sie fabriziert«, sagt Gary.
Jef schaltet sich ein.
»Er nimmt sie wirklich ganz jung«, sagt er. »Es gibt mehrere Methoden. Mal läßt er eine ausgewählte Frau ganz normal von einem ausgewählten Mann befruchten, mal befruchtet er direkt die Eierstöcke, die er zuvor operativ entfernt, allerdings wird im ersten Falle der befruchtete Eierstock der Frau

noch vor Ende des ersten Monats entnommen. Es gibt auch noch andere Verfahren ... aber ich kenne sie nicht alle.«
»Dich wollte er für das erste Verfahren benutzen«, sagt Gary.
»Ja«, sage ich. »Wenn ich diese Dinger da sehe, bekomme ich eine richtige Gänsehaut.«
»Kommen Sie«, sagt Jef, »ich werde Ihnen den nächsten Saal zeigen. Wenn sie ein Jahr alt sind, kommen sie in einen Spezial-Brutapparat, wo sie mit Sauerstoffbädern und einem Haufen anderer Systeme künstlich gealtert werden. Ab einem Alter von drei Jahren sind die Versuchspersonen dann in der Lage, sich fortzupflanzen. In zehn Jahren bringt es Dr. Schutz so auf annähernd vier Generationen. Ich kann Ihnen die drei Jahre alten nicht zeigen, sie sind gestern weggeschafft worden ... Aber der Saal liegt dahinter.«
»Schon gut«, sagt Mike ... »das hier reicht.«

Genrebild

Oh, verflucht«, sagt Jef enttäuscht. »Glauben Sie vielleicht, daß es mir Spaß macht, mein ganzes Leben lang in dieser Idiotenklinik zu bleiben, und auch noch so zu tun, als fände ich das lustig? Wenn ich schon einmal Besuch habe, dann tun Sie wenigstens so, als würden Sie sich für das alles interessieren ... Hören Sie, ich habe Ihnen da noch was zu zeigen... Ich wollte ja eigentlich nicht, weil es ein Schauspiel ist, das ich persönlich für sehr anstrengend halte... aber da oben ist noch ein Mädchen, das wahrscheinlich gerade ... aber lassen Sie sich überraschen.«
Wir sehen uns alle vier an, und Noonoo spuckt mit einem angewiderten Grinsen auf den Boden.
»Ich hab' den Kanal voll«, sagt er. »Sind denn keine Hündinnen in der Gegend?«

Es ist das erste Mal, daß man ihn protestieren hört, deshalb schimpft Mike auch nicht allzu sehr mit ihm.
»Fünf Minuten haben wir wohl noch«, bemerkt Andy Sigman. »Nehmen Sie die Hand aus der Tasche«, fügt er an die Adresse Jef Devays gewandt hinzu. »Das haben wir Ihnen jetzt schon fünfzehn Mal gesagt.«
»Ich habs schon weitaus öfters gemacht als fünfzehn Mal«, bemerkt Jef, »Sie müssen da gegen eine alte Gewohnheit ankämpfen und Sie werden bald aufgeben. Kommen Sie.«
Wir verlassen den Saal mit einer gewissen Erleichterung, und die Stahlplatte gleitet mit dem sanften Geräusch geölten Metalls auf gut polierten Kugeln in ihren Führungsrinnen. Zum sechshundertneunundsechzigsten Mal stehen wir wieder im Flur, und Jef übernimmt die Führung unserer kleinen Gruppe.
»Wenn ich Ihnen sagen würde, was Sie gleich sehen werden«, sagt er, ohne daß es so aussieht, als berühre ihn das, »könnten Sie nicht mehr gehen.«
»Schon gut, Devay«, sagt Mike. »Das werden wir schon selber sehen.«
Unwillkürlich gehen wir schneller. Die Aufzüge sind ganz in der Nähe.
Und schon sind wir im oberen Teil des Gebäudes. Keiner von uns weiß noch, ob es Tag oder Nacht ist, denn überall herrscht die gleiche grelle Beleuchtung. Die Türen haben Leuchtnummern, und gewisse zusätzliche Angaben bleiben für uns ein Buch mit sieben Siegeln. Jef geht los wie ein Hase auf einem Wachstuch, ich folge ihm, und dicht hinter mir Andy Sigman. Dann kommt Mike, anschließend Gary, und Noonoo bildet das Schlußlicht, mit vorwurfsvollem Gesicht. Diesmal bin ich ganz sicher, daß wir über den Boden des Flurs laufen, in den man mich am ersten Tag gebracht hat. Ein Teil meines Individuums erinnert sich mit immer größerer Genauigkeit. Ich trete Jef Devay auf die Absätze, der zu laufen anfängt, und wir gelangen endlich an eine Tür –

wieviele Türen gibt es an diesem Ort? – fast am Ende des Flurs.

Jef tritt ohne jegliche Vorsicht ein, und innerhalb von vier Sekunden drängen wir uns hinter ihm zusammen.

»Es spielt sich unten drunter ab«, sagt er. »Kommen Sie.«

Er macht die Tür wieder zu und knipst ein kleines Licht an, bei dessen schwachem Schein wir am liebsten vor Erleichterung weinen möchten. Noonoo geht sogar soweit, daß er an der Wand das Bein hebt, aber er zeigt seine Gefühle zu sehr. Jef hat die Mitte des Raums erreicht und beugt sich vor. Er zieht an einem Knauf, der in Ruhestellung im Boden eingelassen ist und klappt damit ein Fußbodengeviert von fünfzig Quadratzentimetern auf. Wir stellen uns um die Öffnung herum auf und wahrhaftig... ich persönlich habe einen recht guten Platz erwischt. Ich habe Zeit, einen letzten Blick auf Jef zu werfen und festzustellen, was ich sehr merkwürdig finde, daß er völlig beruhigt ist, und dann vertiefe ich mich in die Betrachtung der Schenkel von Cynthia Spotlight, die sich, zwei Meter unter mir, von einem Burschen mindestens der Serie W, nach dem Kaliber seiner Waffen zu urteilen, bedienen läßt.

Jef flüstert mir ins Ohr.

»Mich lassen diese Geschichten völlig kalt. Ich habe soviel davon gesehen... Ich finde, daß man sich allein sehr viel besser amüsiert.«

»Entschuldigen Sie bitte«, sage ich... »aber ich werde Ihnen nachher antworten.«

Ich höre einen leisen Schrei Garys. Er hat sicherlich Cynthia erkannt, und zwar nach dem Foto, das wir von ihr kennen, das Foto, das Mac uns im Büro für die Vermißtenanzeigen gezeigt hat und das uns zuerst zu Mary Jackson führte.

Nie habe ich ein Mädchen gesehen, das, was es über sich ergehen läßt, mit einem solchen Lächeln über sich ergehen läßt... Ich muß allerdings zugeben, daß ich noch die Unschuld habe... Er dreht sie, er schüttelt sie, er knutscht sie

ab, er dreht sie um, er kitzelt sie, er streichelt sie, er zermalmt sie und ... er fängt alle fünf Minuten von vorne an.
Einen Augenblick lang stelle ich mir vor, daß Sunday Love neben mir ist und ich packe sie an der Schulter, aber ich höre Mikes Stimme, der zu mir sagt:
»Sachte, alter Bruder ... ich bins nur ... tut mir leid ...«
»Soll ich den Ton dazuschalten?« schlägt Jef, immer noch liebenswürdig und zuvorkommend, fast im gleichen Augenblick vor.
Er geht zur Wand und spielt an Knöpfen auf einem Schaltbrett herum. Bis der Verstärker warm geworden ist, läßt das Mädchen fünf Stellungswechsel über sich ergehen. Noch nie habe ich einen Typ gesehen wie diesen vitalen Burschen, der sich da unter uns abmüht. Jef ist zurückgekommen, ich stoße ihn mit dem Ellbogen an:
»Fabrikation Schutz?«
»Ja«, sagt er. »Serie T. Das ist eine spezielle Zuchtserie.«
Ich bin fasziniert vom Spiel der Muskeln dieses Mannes. Er hat einen Brustumfang von mindestens einem Meter sechzig, und er sieht aus, als sei er mit dem Pinsel gezeichnet, derart ist er mit Vertiefungen und Erhebungen bedeckt, wie sie arme Teufel nicht mal in zehn Jahren bekommen, wenn sie acht Stunden am Tag Leibesübungen machen. Und dabei habe ich immer geglaubt, ich sei gut gebaut... Im letzten Jahr habe ich mir den Titel Mister Los Angeles geholt... Ich kann es ja jetzt ruhig sagen ... Nun ... ich glaube, daß dieser Typ mich bei weitem übertrifft ...
Allerdings werde ich etwas abgelenkt, während ich an alle diese Dinge denke, denn seit einigen Sekunden hören wir, was sich unter uns abspielt ... und obgleich es mir leid für euch tut, ist es mir unmöglich, die Worte dieses Mädchens in diesem Augenblick wiederzugeben. Er hat sie auf den Boden gestellt ... er hält sie mit ausgestreckten Armen von sich ab und hindert sie daran, an ihn heranzukommen und sie schreit ... Sie schreit solche Dinge, daß sich sogar Noonoo

verlegen umdreht. Ganz langsam zieht der Mann sie an sich heran ... Sie windet sich und versucht, die Bewegung zu beschleunigen, doch Herkules höchstpersönlich hätte Mühe gehabt, gegen den Willen dieser Stahlmuskeln anzukämpfen, die sich allmählich zusammenziehen. Sie wirft den Kopf zurück ... Ihr halbgeöffneter Mund keucht schneller ... Sie schließt die Augen und ihre beiden schweißtriefenden Leiber werden aneinandergeschweißt ... Cynthias Fingernägel krallen sich tief in das Fleisch der kolossalen Schultern, die vor ihr sind ... Und ich frage mich, was geschehen wird ...
Jefs Stimme erhebt sich.
»Die haben noch für gut zwei Stunden«, sagt er. »Wenn es Sie amüsiert, können Sie bleiben, aber ich würde es vorziehen, ein Schneckenwettrennen zu veranstalten oder Fangen zu spielen ...«
Ich erhebe mich mühsam. Mike, Andy und ich vermeiden es, uns anzusehen. Gary hingegen ... schläft. Das ist wirklich ein starkes Stück ...
»Danke für das Schauspiel, Jef«, sagt er. »Wahrscheinlich wird das meinen zukünftigen Berufsweg völlig verändern, und das verdanke ich Ihnen.«
»Ja?« sagt Mike ... »hm ... Es stimmt schon, daß einen das nachdenklich macht ...«
»Ist nachdenklich das richtige Wort?« murmelt Andy. »Ich glaube, daß ich für diese Spiele schon ein bißchen zu alt bin.«
Er scheint eher deprimiert zu sein. Ich versetze ihm einen mächtigen Schlag in den Rücken.
»Na, Andy ... machen Sie sich nichts draus ... Erst werden wir diese Arbeit hier hinter uns bringen, und dann sind wir an der Reihe, uns ein wenig zu zerstreuen. Wenn alles vorbei ist, verspreche ich Ihnen, daß wir einen Bummel durch die teuersten Restaurants machen, den Sie sobald nicht vergessen werden.«
Jef geht zur Zentraltür und schließt sie wieder. Man hört nur noch Cynthias Keuchen im Lautsprecher. Mike begibt sich

an die Schalttafel. Er stellt den Strom ab und trocknet sich die Stirn ab.

»Gehen wir hier raus«, sagt er. »Wir haben genug gesehen. Besteht eine Möglichkeit, daß wir noch in Schutz' Büro gehen, bevor wir abhauen?«

»Das ganze Büro ist weggebracht worden«, sagt Jef. »Der Doktor ist abgereist, mehr kann ich Ihnen nicht sagen. An der Pazifikküste, siebzehn- oder achtzehnhundert Kilometer von hier, ich weiß nicht mehr wo, gibt es eine Insel, die ihm gehört, und er hat alles dorthin mitgenommen.«

»Mit dem Schiff?« fragt Andy.

»Wo denken Sie hin«, sagt Jef. »Mit der B-29. Er hat mehrere davon. Alle Installationen auf der Insel sind intakt; sie hat während des Krieges als Luftwaffenbasis gedient und ist jetzt verkauft worden, als die Armee ihre Heeresbestände abstieß.«

»Sieh an«, sagt Andy. »Das wissen Sie auch. Sie wissen wirklich viel, Jef.«

»Oh«, sagt Jef, »wenn man den ganzen Tag nichts zu tun hat, dann muß man eben versuchen, sich so gut man nur kann zu bilden. Meine egozentrische Sexualaktivität läßt mir genügend Muße, ein wenig das Köpfchen anzustrengen und nachzudenken, wenns drauf ankommt. Kommen Sie, verlassen wir diesen Ort … Ich versichere Ihnen, daß es für Sie nichts Interessantes mehr hier gibt.«

Wir folgen Jef, und er lotst uns unbehindert zum Ausgang, dem Kellerloch, durch das wir in das Gebäude eingedrungen waren. Ich wundere mich schon längst über nichts mehr: niemand hindert uns daran, das Gebäude zu verlassen, niemand schießt auf uns, und wir erreichen unbehindert eine Bresche in der Umfassungsmauer, die neueren Datums zu sein scheint.

»Hier sind wir hereingekommen, Kilian und ich«, erklärt Andy.

Gary nickt. Er ist noch nicht ganz wach. Jef scheint uns nicht

verlassen zu wollen. Was sollen wir mit diesem Kerl nur machen?
»Halten Sie sich zurück, mein Lieber«, rät ihm Mike. »In der Klinik mag das gehen, aber draußen fallen Sie unweigerlich auf.«
»Ich muß was andres finden«, seufzt Jef. »Sagen Sie mal, beruhigt Kaugummi?«
»Gar nicht schlecht«, meint Mike.
Ich stecke ihm ein Päckchen zu, und Jef beginnt zu kauen. Wir sind bei Sigmans Wagen angekommen.
»Ist Mary Jackson immer noch im Kofferraum?« fragt Mike.
»Wir haben sie zusammen mit den andern beim Polizeichef von San Pinto gelassen«, sagt Andy.
»Heller Wahnsinn«, sage ich. »Er steht mit Sicherheit im Sold von Schutz.«
»Ich meine natürlich den *neuen* Polizeichef«, antwortet Andy. »Hier, Rock, schauen Sie mal her, das wird Ihnen einiges erklären.«
Er holt seine Brieftasche hervor, öffnet sie und nimmt ein Stück Papier heraus, das er mir hinhält. Ich lese und sehe, daß die Leser gehalten sind, sich dem Polizeibeamten Franck Say vom F.B.I. zur Verfügung zu stellen, der mit den Untersuchungen über den Arzt und Mathematiker Schutz, Markus, beauftragt ist … Es folgen eine Menge Anweisungen und Instruktionen, von denen ich nichts mehr verstehe. Ich bin völlig sprachlos.
»Sie sind Franck Say?« sage ich zu Andy.
»Das bin ich.«
»Und Mike?«
»Das ist sein richtiger Name. Er ist auch vom F.B.I.«
»Dann riskiert er ja nichts, wegen der Handgranaten?« sage ich ein wenig enttäuscht.
»Er hat so seine Macken…«, sagt Andy. »Wir müssen sie eben tolerieren, weil er ein guter Polizist ist; aber an höchster Stelle wird es trotzdem nicht gern gesehen.«

Wir haben uns in Andys Taxi gesetzt (ich kann mich nicht an seinen neuen Namen gewöhnen), und er fährt an.
»Wir werden das ganze Nest ausräumen«, sagt er.
Es herrscht dunkle Nacht und wir merken es erst jetzt. Die Scheinwerfer des Chevrolets fegen die Landstraße. Mike spricht in sein Mikrofon, und ich kann mir denken, was er erzählt; wenn man ihn so hört, hat Tante Clara gerade Vierlinge bekommen, denn diese Burschen vom F.B.I. haben sicherlich mehrere Codes zur Verfügung. Das Schnurren des Wagens hat Gary von neuem eingeschläfert, und Jef kaut wütend an seinem Kaugummi. Ein braver Junge, aber er ist doch ein wenig verstört.
»Wo fahren wir hin?« sage ich zu Andy.
»Wir werden etwas schlafen …«, sagt er.
»Verdammt … Ich bin nicht müde …«
»Wir müssen uns erholen, alter Junge. Morgen müssen wir uns ein letztes Mal ins Zeug legen …«
»Morgen?«
»Morgen werden wir mit dem Fallschirm über der Insel von Schutz abspringen. Unterdessen wird ein Torpedoboot Kurs auf die Insel nehmen, und wenn sie ankommen, muß alles vorbei sein, so daß sie die Knaben nur noch verladen müssen.«
»Sollen wir das tun?« sage ich.
»Wenn es Ihnen allerdings unangenehm ist … Sie stecken von Anfang an in der Affäre drin, Sie wissen, worum es geht … und vor allem …«
»Was, vor allem?«
»Man kann Sie sehr gut für einen der Leute der T-Serie halten.«
Mir verschlägts den Atem, aber gleichzeitig bin ich auch ziemlich geschmeichelt. Dann kann ichs also doch mit den Produkten von Dr. Schutz aufnehmen. Andy hat wahrscheinlich keinen Grund, mir faule Komplimente zu machen. Wenn er es sagt, dann meint er es auch … und er ist ein Mann von großem Urteilsvermögen.

»Ich komme mit«, sagt Jef.

»Darauf zähle ich auch«, sagt Andy. »Sie können sich unter Schutz' Männer schmuggeln, ohne aufzufallen und Ihre Arbeit tun. Wir zwei halten uns im Freien versteckt … Wir werden übrigens vier Mann Verstärkung bekommen … Vier sichere Burschen …«

Gary wird wach.

»Ich komme auch mit …«, sagt er. »Das wird ein sensationeller Artikel für den *California Call*! …«

So was, also, wenn mir irgend etwas schnuppe ist …

Ich verliere alle Scham

Und jetzt bin ich um halb sieben morgens ganz allein zu Hause. Andy und die andern sind gerade weg. Ich bin um eins mit ihnen auf dem Flughafen verabredet, von wo aus wir zum Pazifik fliegen.

Um diese Zeit zu schlafen kommt gar nicht in Frage. Im Gegenteil, es kann angenehm und instruktiv sein, ein Telefongespräch zu führen.

Ich ziehe mich aus, reibe mich mit Kölnischwasser ab und ziehe einen schönen Morgenrock aus orangenfarbener Seide über meinen Slip. Die Füße in Ledersandalen, strecke ich mich dann auf meinem Bett aus und greife mir den Apparat, dem ich sechsmal eins auswische, wie es sein muß.

Eine verschlafene Männerstimme antwortet mir, und ich runzele die Stirn.

»Hallo? Was ist?«

»Hier ist Rock Bailey. Bist dus Douglas? Was tust du denn bei Sunday Love?«

»Sie ist ein Luder…«, murmelt Douglas. »Ein Miststück. Eine Kanaille. Eine Lesbe.«

»Was machst du bei ihr? Antworte.«

»Ich hab sie nach Hause begleitet«, sagt Douglas plötzlich lebhaft. »Ich habe ihr das Abendessen bezahlt, das Kino, das Tanzlokal, alles. Ich habe an einem Abend siebenundvierzig Dollar ausgegeben. Ich bin mit ihr raufgegangen, um noch einen zu trinken. Ich glaubte, es sei alles in Butter und fing an, mich auszuziehen, worauf sie wütend geworden ist. Ich habe versucht, sie zu küssen, und sie hat mir einen Aschenbecher auf die Birne geschmettert und ist weggegangen, wobei sie die Tür zugeschlagen und meine Hose mitgenommen hat. Sie hat gesagt, ich könne ruhig in ihrem Bett schlafen, wenn es das ist, worauf ich scharf bin, aber sie würde es vorziehen, lieber allein zu schlafen als mit einem Lüstling, vor allem mit einem Lüstling, der eine Visage hat wie ich. Und jetzt habe ich keine Hose mehr, und ich kann nicht nach Hause, weil meine Schlüssel drin sind, und so bin ich bei ihr geblieben.« Er gähnt hörbar.

»Du bist ein Flegel«, sage ich. »Du solltest die Frauen in Frieden lassen. Warum wirst du kein Baseball-Champion? Die Sportler rühren gewöhnlich keine Mädchen an. Dann würdest du auch keine Enttäuschung erleben.«

»Jaaa…«, sagt er. »Na ja, ich schlafe mal weiter. Im Grunde fühlt man sich ganz wohl, wenn man allein in einem Bett liegt. Tschüß.«

Ich lege auf und wähle Douglas' Nummer. Es ist genau, wie ich vermutet habe. Unser Liebling ist da und sie scheint gar nicht zufrieden zu sein.

»Was ist?« bellt sie. »Sind Sie es, Sie Dummkopf?«

»Ich bins, Rock«, sage ich. »Dieser alte Bailey.«

»Oh!« ruft sie. »Ich glaubte schon, dieser Dummkopf von Douglas Thruck würde mir wieder römische Spiele vorschlagen. Was ist, Rock? Kann ich Ihnen mit irgend etwas helfen?«

»Ja«, sage ich. »Meine Matratze ist sehr hart und müßte etwas weich getrimmt werden.«
Also Kinder, wenn sie das nicht verstanden hat, dann weiß ich auch nicht, was für eine Dosis sie braucht... Dann hab ich halt Pech gehabt... Schließlich habe ich noch die Unschuld und darf daher gar nicht wissen, wie man es bei Frauen anstellt.
»He ...«, sagt sie. »Das scheint mir aber ein merkwürdiger Vorschlag zu sein, den Sie einer anständigen Frau machen. Aber Sie können natürlich nicht wissen, daß ich eine anständige Frau bin ... Deshalb werde ich vorbeikommen, um es Ihnen selber zu erklären. Wo sind Sie denn?«
Ich gebe ihr meine Adresse und mein Herz schlägt verdammt stark. Mann, da kann man sagen, was man will, aber das erste Mal ist eben doch was Besonderes. Werde ich wissen, wie man es macht?... Ich habe nicht einmal ein Elementar-Lehrbuch ...
Gut, ich glaube, ich werde es wissen... Ich brauche mich nur an das zu erinnern, was ich bei Dr. Schutz gesehen habe.
Ich räume schnell mein Zimmer auf und stopfe alles, was herumliegt, in den Schrank ... Die Putzfrau wird das morgen wieder in Ordnung bringen. Ich flitze ins Bad und schicke mich an, eine Dusche zu nehmen, um auf andere Gedanken zu kommen, weil ich den Eindruck habe, wenn das so weitergeht, dann fange ich ohne sie an... und genau in dem Augenblick, in dem das kühle Wasser anfängt, mir über den Rücken zu laufen, höre ich die Tür aufgehen und eine sanfte Stimme: »Rocky? Wo sind Sie?«
Sie hört das Geräusch des Wassers und kommt herbei, ohne sich im geringsten zu genieren ... Sie trägt eine Hose und einen Pullover, die beide schwarz sind wie ihre Haare, dazu eine Reihe Perlen um ihren hübschen runden Hals, und das steht ihr genausogut wie der Venus von Milo gar nichts.
»Eine gute Idee, Rocky ... Das wird uns guttun.«
In zwei Sekunden fällt die Hose, und der Pullover fliegt, und

Gott möge mir verzeihen, sie empfand nicht das Bedürfnis nach was anderem. Ich weiß nicht, wo ich mich hin verkriechen soll... Sie steigt in die quadratische Duschwanne, deren Vorhang ich nicht vorgezogen hatte.
»Machen Sie Platz... Sie brutaler Mensch... Ein ordentliches junges Mädchen um eine solche Zeit zu wecken ... Rocky ... mein Liebling ... Sie sind gebaut ... daß man davor auf die Knie fallen könnte ...«
Gesagt, getan ... Die Sache spielt sich überhaupt nicht so ab, wie ich es vorhergesehen hatte... Es ist einfach... Es ist sogar viel zu einfach ... Ich brauche gar nichts zu tun ... Manometer, sie weiß wirklich, wie sie sich anzustellen hat ... Ich muß schon sagen, die Handarbeit ist der Elektrizität des alten Schutz weit überlegen ...
Ich packe sie unter den Armen und ziehe sie hoch ...
»Sunday ... Kleines ... Meinen Sie nicht, wir sollten uns erst mal wieder von Anfang an mit der Theorie befassen? ... Sie wissen doch, ich bin ein Anfänger ...«
Sie drückt sich gegen mich, und mein Rücken berührt den Drücker der Dusche. Das Wasser spritzt uns über den ganzen Körper, und meine Haut fängt zu rauchen an ... Ich küsse sie durch die tausend Wasserstrahlen hindurch, die uns durchbohren. Ihre Hand führt mich ... Ich hebe sie einige Zentimeter hoch, um den Höhenunterschied auszugleichen ... Sie wiegt nichts in meinen Armen ... Ich bin in einem Zustand unbeschreiblicher Erregung ... Sie will um keinen Zentimeter zurückweichen.
»Sunday ... Das ist gefährlich.«
Sie schließt die Augen und lächelt und nennt mich einen verdammten Idioten und eine Flasche und einen Erstkommunikanten und sie beißt mir so fest sie nur kann in die Lippe ... Ich halte es nicht mehr aus und verlasse die Dusche, wobei ich sie immer noch trage ... Ich strauchele im Zimmer, bleibe mit den Füßen im Teppich hängen und es gelingt mir, quer über dem Bett zu landen ... Sie ist immer noch an meinen

Körper festgeschraubt und sie zwingt mich, mich auf den Rücken zu legen …

»Rocky … Lassen Sie es mich Ihnen zeigen, wenn es das erste Mal ist …«

Ich lasse mich gehen … Ich versuche, mir meine Eindrücke zu merken … Ich bedauere nicht im mindesten … Aber nichts von dem, was ich kenne, läßt sich damit vergleichen.

Jesus Maria … Das ist noch angenehmer, als geeiste Ananas zu essen …

Und die Zeit vergeht … wie im Handumdrehen …

……………………………………………………………

Im Grunde verdanke ich es Dr. Schutz, daß ich meine Unschuld sechs Monate früher verloren habe, als ich vorgesehen hatte. Dr. Schutz und Sunday Love … Dieser Gedanke überrascht mich, während ich zerstreut den Teil von Sundays Körper küsse, der vor meinen Lippen ist … Keine schlechte Wahl übrigens, fest und sanft gewölbt wie eine kalifornische Frucht, nur saftiger und schmackhafter.

Ich sehe allmählich alles durch einen leichten Nebel und ich frage mich, ob das die Wirkung der Schläge auf den Kopf oder der Hand- und Kunstgriffe meiner Freundin ist, die genauso aktiv zu sein scheint wie vor vier Stunden, als sie meine Wohnung betreten hat.

»Sunday«, sage ich.

Sie schließt mir den Mund, indem sie ihren Körper vorschiebt, und ich verstehe, was ich tun soll, denn immerhin, wenn ich auch noch so dumm bin, beim elften Mal begreift man schließlich. Ich habe einen Krampf in der Kinnlade, weil ich mich mit allen meinen Kinnbacken abrackere, aber es ist eine Art von Krampf, den ich gern ein paar Tage behalten würde …

Zum Glück bin ich etwas erfahrener geworden, und ihr Körper entspannt sich plötzlich und gibt mir zu verstehen, daß sie eine Atempause von fünf Minuten wünscht … für sich, aber nicht für mich, denn woanders stelle ich eine Neubelebung fest …

»Sunday«, sage ich sehr schnell, »etwas Ruhe … Ich falle um … Wir werden erst mal was Kleines essen und dann fangen wir wieder an … Wissen Sie, ich habe seit vier Tagen nicht mehr geschlafen …«
»Ich auch nicht«, haucht sie und richtet sich auf, wobei sie ihr Gesicht an das meine preßt … »Aber bei mir war es, weil ich Verlangen nach Ihnen hatte.«
Ich spiele ein wenig den Heuchler.
»Sie hatten doch Douglas Thruck«, sage ich. »Immerhin, um einen Abend mit ihm zu verbringen …«
»Ich habe schon zwei Abende mit ihm verbracht, an denen er mir den allgemeinen Plan zur Einführung in seine *Ästhetik des Films* entwickelt hat«, sagt sie und läßt sich bequem zwischen meinem Arm und meinem Oberkörper nieder.
»Und das reicht Ihnen?«
»Mir ist Ihre Ästhetik lieber …«, murmelt sie und beißt mir dabei in die Brust.
Meine linke Hand streichelt ihre spitzen Brüste, und sie schmiegt sich wie eine Katze an mich. Ich richte mich auf und gleichzeitig mit mir setze ich sie auf. Ich schaue auf die Uhr. Elf. In zwei Stunden muß ich dort sein … Ich springe aus dem Bett und falle auf die Schnauze. Meine Beine sind derart schwach … Zum Glück hält das nicht an … Ich finde eben, daß Längslage der aufrechten Haltung überlegen ist.
»Rock!« schreit Sunday Love … »Sie werden doch nicht weggehen wollen …«
»Ich muß, mein Schatz.«
»Oh …«, beklagt sie sich. »Wo ich endlich einmal einen Mann kennengelernt habe, dem ich keine Tomaten mit rotem Pfeffer zu essen geben muß …«
»Und dabei«, sage ich, »haben Sie mich müde erwischt. Warten Sie erst einmal, bis ich meine richtige Form wiedergefunden habe.«
»Rocky … mein Kleiner … Das gibts doch nicht … Das darf Ihnen nie passieren, daß Sie müde sind …«

»Oh«, sage ich und strecke mich … »es kommt nicht oft vor. Sobald ich zurück bin, werden Sie das feststellen … Ich persönlich möchte Ihnen den guten Rat geben, sich eine Freundin zu suchen, die Sie notfalls vertreten kann … denn jetzt, wo ich Bescheid weiß, werden wir das Tempo etwas beschleunigen …«

Es kommt zu einer neuen Runde

Es fällt mir wahnsinnig schwer, mich aus den Armen meiner bezaubernden Freundin zu reißen, aber die Zeiger meiner Uhr wissen nicht, was Liebe ist, und ich muß ihnen gehorchen. Ich lasse sie völlig nackt mitten in meinem Zimmer zurück und laufe im vierten Gang die Treppe runter, um ein Taxi zu finden. Ich muß dran denken, daß ich mir meinen Schlitten zurückhole.

Bestens. Da steht er, vor meiner Tür. Andy Sigman arbeitet schnell. Auf diese Weise spare ich gut eine Viertelstunde … Ich werde also nicht wie ein Irrer laufen müssen.

Unterwegs rufe ich mir die wenigen Tage dieses Abenteuers wieder ins Gedächtnis zurück, und man darf wohl annehmen, daß ich völlig leergebrannt bin, weil mir das alles so farblos und blaß erscheint …

Selbst der Morgen mit Sunday Love … Mein Gott, ich hatte sicherlich recht, daß ich meine … na ja, sagen wir meine Initiation solange ich nur konnte aufschob … Diese Dinge, die ich gerade mit ihr getrieben habe, scheinen mir völlig normal … gewiß angenehm und geeignet, daß man flotte und erfrischende Vormittage verbringt … aber alles in allem ausgesprochen ungenügend … Ich habe den Eindruck, daß ich sie

jetzt in- und auswendig kenne ... Ich suche und suche ... Gibt es etwas, das ich nicht mit ihr gemacht habe?
Meine Bildung auf diesem Gebiet ist beklagenswert. Ich muß unbedingt Erkundigungen einziehen. Es muß doch irgendwelche technischen Tricks geben, die mir entgangen sind. Andernfalls... Das habe ich ihr auch gesagt... Ich werde drei oder vier gleichzeitig nehmen müssen... Oder aber ein Mädchen von wirklich tollem Format... Etwas, womit sich meine Hände beschäftigen können ...
Ich weiche mit knapper Mühe einem Lastwagen aus, der sich anschickte, mir seine Autonummer aus nächster Nähe zu zeigen, und ich denke an Haferpudding, um meinen Blutdruck zu senken. Ich hasse Haferpudding; meine Mutter gab ihn mir kiloweise zu essen, als ich elf Jahre alt war, und ich mußte mir jedesmal den Schlund mit einem Katzenschwanz kitzeln, um Gott den Armenanteil zurückzugeben. Das sind keine angenehmen Erinnerungen, und ich fühle, wie mein Puls fast stehenbleibt. Genau das hatte ich gewollt.
Ich komme zehn Minuten vor der verabredeten Zeit auf dem Flughafen an. Mike und Andy sind schon da und sie stellen mir einige stämmige Burschen vor sowie einen kleinen, schlanken Mann mit schwarzen Augen und intelligentem Aussehen, der zwar kalt aussieht, jedoch die Augen zusammenkneift, um mir zuzulächeln.
»Aubert George«, sagt Mike Bokanski zu mir. »Einer der besten Beamten hier am Ort.«
Ich drücke ihm die Hand. Die ganze Mannschaft scheint vollständig zu sein.
»Rock«, sagt Andy, »das Flugzeug wird frühestens in eineinhalb Stunden startklar sein. Ich an Ihrer Stelle würde erst mal im Restaurant einen trinken und dann etwas pennen.«
»Nicht müde«, sage ich.
»Ich kann Ihnen nichts anderes anbieten«, sagt Andy. »Mike und ich müssen alles überwachen und unseren ersten Bericht abschließen ... Aubert wird Ihnen Gesellschaft leisten.«

»Und Gary?«
»Wir haben ihn telefonisch verständigt«, sagt Andy ... »Er wird pünktlich da sein. Sie waren schon weg. Ihre Sekretärin ... hm ... hat es uns gesagt.«
»Ach ja ...«, sage ich. »Sie ist meine Sekretärin.«
Aubert schleppt mich mit ins Restaurant, durch dessen große Glasfensterfront man das Flugfeld überblicken kann.
»Es gibt Ruhezimmer«, sagt er... »Vielleicht möchten Sie sich lieber langlegen ...«
»Niemals allein«, sage ich ...
»Oh«, murmelt er, »vielleicht finden Sie jemanden... Es wimmelt nur so von Serviererinnen und Zimmermädchen... Ich selbst... Sie müssen verstehen... Meine Frau sitzt draußen im Wagen, und ich hätte ihr gern auf Wiedersehen gesagt...
»Gehen Sie schon«, sage ich. »Ich komme auch allein zurecht.«
Er zischt ab, und als ich mich umdrehe, stoße ich zufällig auf meine beiden alten Freundinnen Beryl Reeves und Mona Thaw, die ich Ihnen sicherlich schon zu Anfang dieser Geschichte vorgestellt habe, in Lem Hamiltons Zooty Slammer.
»Oh! Rock... sind Sies wirklich?« sagt Beryl. »Wir suchen Sie seit heute morgen... Gary wollte uns nicht sagen, wo wir Sie finden können und ... hm ... Ihre Sekretärin hat uns so unfreundlich empfangen ... Haben Sie sie schon lange, Rocky-Liebling?«
»Seit heute morgen.«
»Ich hatte den Eindruck, als würde ich sie kennen ...«, murmelt Mona Thaw.
»Sie haben sie sicherlich mit Douglas zusammen gesehen«, sage ich. »Er hat sie mir nämlich besorgt ...«
»Ach so ... na ja ... sie hat uns trotzdem den Ort angegeben, wo wir Sie finden könnten«, sagt Beryl.
Woher hat sie das gewußt? Ach ja, ich habs! Durch Andys Telefonanruf.
»Sind Sie bei mir zu Hause gewesen?«

»Aber ja, Rocky… Wir haben Sie seit drei Tagen nicht mehr gesehen… Kommen Sie, wir haben das Auto dabei… Wir machen eine kleine Spritztour… Sie fliegen doch nicht sofort…
»Ich habe etwas Zeit…«, sage ich.
Ich folge ihnen und setze mich zwischen sie in den Cadillac von Mona, die Beryl ans Steuer läßt. Wir flitzen über die Landstraße, und fast gleich darauf hält der Wagen vor einer bezaubernden Villa.
»Meine Vettern wohnen hier«, sagt Beryl. »Sie sind im Augenblick nicht da. Kommen Sie, wir wollen einen trinken.«
Wir steigen aus und gehen ins Haus. Den Wagen lassen wir vor dem Gartentor stehen, damit wir wieder zurückfahren können, ohne Zeit zu verlieren. Das Wetter ist schön wie es nur in Kalifornien schön sein kann. Die Luft ist mild und warm, und wenn man nur atmet, spürt man schon, daß man lebt…
»Bleiben wir draußen…«, sage ich. »Es ist so angenehm hier…«
»Wir haben mit Ihnen zu reden«, sagt Mona.
Verflucht! Das hat gerade noch gefehlt… Sobald wir im Wohnzimmer sitzen, fängt Beryl an:
»Was ist denn mit diesem Mädchen, Rock, das in Ihrer Wohnung ist? Haben Sie mit ihr geschlafen?«
»Na ja… hm… das geht Sie überhaupt nichts an«, sage ich ziemlich verlegen.
»Das geht uns was an«, sagt Mona. »Und ob. Wir haben Sie in Frieden gelassen, weil wir wußten, daß Sie nichts tun wollten, bis Sie zwanzig alt geworden sind, aber wenn Sie Ihre Versprechungen derart halten, dann halten wir die unsern auch nicht mehr. Ziehen Sie sich aus.«
»Aber Mona«, sage ich flehend. »Ich falle vor Müdigkeit um… Warten Sie noch ein paar Tage… Wenn ich wieder zurück bin…«
»Keine Geschichten«, sagt Beryl. »Wir haben Sie und wir lassen Sie nicht mehr los. Wenn ich daran denke, daß Sie sich

dieses kleine Scheusal ausgesucht haben, um Ihre Laufbahn als Liebhaber zu beginnen …«
»Sie haben keinen Geschmack«, fährt Mona fort. »Sie hat keine Brust und keine Hüften und sie ist mager wie ein Hering.«
»Also gut«, sage ich, »aber doch nicht hier … Wenn irgend jemand kommt … Außerdem habe ich keine Zeit …«
»Sie haben eine Stunde Zeit«, sagt Beryl. »Das ist völlig ausreichend. Umso mehr, als wir Ihnen die Arbeit erleichtern werden … Los … legen Sie Ihre Kleidung ab … andernfalls werden wir das tun … Ihre Socken können Sie anbehalten.«
»Dann schließen Sie wenigstens die Tür ab, Mona …«
»Gut«, stimmt Mona zu, »ich werde die Tür abschließen, um Ihnen eine Freude zu machen. Helfen Sie ihm beim Ausziehen, Beryl. Und meckern Sie nicht rum … So was … sucht sich ausgerechnet diese Heuschrecke aus …«
Sie schlägt die Tür zu, dreht sich um, hakt ihr Kleid auf und schon springen ihre Brüste an die Luft … Die sind natürlich was ganz anderes als die von Sunday Love … Ich spüre so etwas wie ein Prickeln in den Lenden … Verflixt nochmal, das wird das zwölfte Mal seit heute morgen … Das ist etwas übertrieben …
»Nicht so schnell, Mona«, protestiert Beryl … »Lassen Sie mir Zeit, daß ich mich auch zurechtmachen kann …«
Mona kümmert sich um mich … Sie hat ihre Strümpfe anbehalten und ein kleines Ding aus hellen Spitzen, an denen sie festgemacht sind … Genau die gleiche Farbe wie … na ja, eben genau die gleiche Farbe. Ihr ist warm und sie riecht gut nach Frau … und der alte Rocky ist vielleicht nicht so erschöpft und schlapp, wie es den Anschein hat … Sie zieht mir das Hemd aus und die Hose … Ich lasse alles mit mir geschehen … Sie hat etwas mehr Mühe mit meiner Unterwäsche, die hängenbleibt …
»Keine Faxen, Mona … Wir werden ihn auslosen, damit Sies wissen«, kreischt Beryl.

Auch sie hat nichts mehr auf dem Leib ... Sie hat ihre Strümpfe bis zu den Knöcheln heruntergerollt ... Ich stelle Vergleiche an.
»Nun hört mal«, sage ich, »ich bin schließlich kein Jahrmarktartikel ...«
»Sie halten den Mund«, befiehlt Mona. »Sie hat recht. Wir werden Sie auslosen ...«
»Das ist nicht gerecht«, sage ich. »Und wenn ich eine von Ihnen vorziehe ...«
Ich kann kaum reden. Diese beiden Mädchen haben mich in einen solchen Zustand versetzt, daß ich nur noch auf eins scharf bin. Egal welche von beiden, aber sofort.
»Einverstanden«, stimmt Mona zu. »Wir werden Ihnen die Augen verbinden, und dann werden wir Ihnen etwas tun, und Sie sagen dann, welche Sie vorziehen.«
»Wir müssen ihm auch die Hände festbinden«, ruft Beryl, immer erregter ...
Sie rennt zum Fenster und reißt eine der Vorhangschnüre ab ... Ich lasse mich fesseln, weil ich sicher bin, daß ich die Schnur zerreiße, wann immer ich will ... und schon ist es geschehen, Mona packt mich und läßt mich auf den Teppich fallen ...
»Ihren Seidenschal, Beryl ...«
Ich liege auf dem Rücken ... zum Glück, sonst würde ich leiden ... und ich sehe nichts mehr ... Zwei Hände legen sich auf meine Brust, zwei lange Beine pressen sich an die meinen ... Ich bin nahe daran zu schreien, so schmerzhaft ist es, wenn man so warten muß ... Und auf einen Schlag legt sich die erste der beiden auf mich ... Ich dringe mit allen Kräften in sie ein ... und fast unmittelbar darauf zieht sie sich zurück und die zweite nimmt ihren Platz ein ... Ich ziehe verzweifelt an der Schnur, mit der meine Hände gefesselt sind ... Sie zerreißt ... Sie hat nichts gemerkt ... In dem Augenblick, in dem sie sich ebenfalls entfernen will, schließen sich meine Arme über ihr ... Ich halte sie mit einer Hand und mit der andern gelingt es

mir, die Beine der zweiten zu schnappen... Ich lasse sie neben mich fallen und meine Lippen küssen sich an ihren Schenkeln hoch... bis dorthin, wo ich hinkomme... Ich mag das... Ich mag das sehr... Sie stöhnen ein wenig... ganz leise.
... Die Zeit vergeht...
Sie vergeht heute sehr schnell...

Auf hohem Roß

Um fünf Uhr komme ich in Monas Cadillac an... gerade noch rechtzeitig zum Abflug... ich habe die beiden Mädchen bei ihrem Vetter zurückgelassen... Ich hoffe, daß sie wachwerden, bevor jemand kommt... denn in dem Zustand, in dem sie sind, ist es besser, wenn das unter uns bleibt. Meine Beine tragen mich nur mit Mühe, und wenn ich mich an ihre Stelle versetze... kann ich sie auch verstehen... Andy sieht mich frotzelnd an.

»Na, Rock... waren Sie Ihrer alten Mutter auf Wiedersehen sagen?«

»Hm... Ja...«, sage ich. »Sie hat mich etwas länger aufgehalten, als ich glaubte... Jetzt bin ich hier.«

»Sie können noch ein kleines Nickerchen machen«, schlägt mir Mike vor. »Es wird noch eine Weile dauern, bis wir dort sind.«

»Wir können uns nicht den Luxus erlauben, dort am hellen Tag anzukommen«, erklärt Andy.

Sie sind alle fix und fertig. Aubert George ist ebenfalls zurückgekommen, und wenn ich ebensolche Ringe unter den Augen habe wie er, dann verstehe ich, weshalb sich Sigman über mich lustig macht!

Das dicke Flugzeug erwartet uns auf seinen drei Rädern, die

Nase in der Luft, das Antlitz im Wind. Einige Männer kümmern sich darum. Ein Auto kommt angefahren und hält zwei Schritte vor uns. Nick Defato steigt aus. Gary ist bei ihm… Stimmt ja, der alte Gary hat auch noch gefehlt…
Wir drücken Nick die Flosse… Er macht ein Gesicht, als sei ihm alles völlig zuwider.
»Na, Sie machen mir ja ganz schön Arbeit, Sie…«, ruft er mir süßsauer zu.
»Das ist nicht meine Schuld, Chef«, sage ich und heuchle Betroffenheit.
»Paßt gut auf, Kinder«, sagt Nick. »Heute abend sind Kondore unterwegs…«
Gary lacht. Wahrscheinlich ist das einer der üblichen Witze. Gary ist ganz mit Heftpflaster und Desinfektionsmitteln bedeckt; er sieht aus wie eine ägyptische Mumie, die durch eine Waschmaschine geschleudert wurde. Wenn er das nicht alles wegmacht, bevor wir auf die Insel von Schutz kommen, dann können wir Gift drauf nehmen, daß wir im Nu entdeckt werden.
Dann tauschen Nick Defato und Andy Sigman einige vertrauliche Tips aus, und die Jungens vom Flugzeug geben uns ein Zeichen, daß wir einsteigen sollen. Wenn es so weiter geht, werden wir schließlich ganz bestimmt die Anker lichten.
Ich setze mich neben Aubert George, der mir von seinen frühen Lebenserfahrungen erzählt, als er noch versuchte, Theater zu spielen; das einzige Stück, in dem es ihm je geglückt war, mitzuspielen, hat sich nur einen Monat lang gehalten, und außerdem hatte er darin nur eine Rolle von zehn oder zwölf Zeilen: ein Kunde, der hereinkommt, ein Buch verlangt und wieder hinausgeht. Er sagt mir, daß es ein ganz saublödes (genauso hat er sich ausgedrückt, ich wiederhole es nur) Stück war, daß aber trotzdem viel gelacht wurde.
Dafür habe ich ihm erzählt, wie ich am gleichen Morgen meine Unschuld verloren habe; ich erzähle es ihm nicht in

allen Einzelheiten, wie ich es gern möchte, weil ihm sonst die Augen aus dem Kopf fallen und wie gelbe Achatkugeln auf dem Boden herumrollen, aber ich sage ihm genug darüber, damit er etwas wach wird.
Darauf merke ich, daß es sich bewegt und daß wir losfliegen. Da es keine Vergnügungsreise ist, gibt es keine Lufthostessen (ein bißchen auch, weil wir in einem Militärflugzeug sitzen). Es ist nicht das erste Mal, daß ich mit dem Flugzeug fliege und ich bin etwas abgestumpft gegenüber den Gefühlen, die man empfindet. Andy sitzt irgendwo in der Nähe des Pilotenraums, Mike zwei Sitze vor mir neben Gary. Die Maschine ist als gemischtes Transportflugzeug eingerichtet. Wir sitzen gut. Ich sehe mir ein bißchen die Landschaft an und die Küste, über die wir gerade hinausgeflogen sind. Wir steigen sehr hoch, und ich schlummere auf meinem Sitz ein, den eine vorausschauende Hand so weit wie möglich nach hinten verstellt hat.

Es ist fast soweit

Ich werde von der Faust Andy Sigmans geweckt, der mich kräftig schüttelt. Ich träumte, daß ich gerade mit einer Giraffe Liebe mache, aber Andy hält mich von diesem Fehltritt ab. Ich danke ihm, und wir beginnen mit unseren Vorbereitungen zum Fallschirmabsprung über der Insel.
Es ist noch hell, weil wir der Sonne entgegengeflogen sind; aus diesem Grund ist unser Abflug um mehrere Stunden verschoben worden. Mike ist schon fast fertig, und seine Männer sind dabei, sich anzuziehen. Aubert verschwindet in einer ausgepolsterten Kombination, die viermal zu groß für ihn ist und er fängt an, Shakespeare zu deklamieren. Er ver-

ändert die Worte nach seiner Art; was Shakespeare schreibt, ist schon eine tolle Sache, was aber Aubert daraus macht, kann man vor keiner Musterungskommission sagen, und gerade da bekommt man ja allerhand zu hören. In der B-29, die, während wir schliefen, von den Männern der Mannschaft mit einer bezaubernden Blumentapete ausgeschlagen wurde, herrscht gute Laune und sogar Ausgelassenheit. Ich kann es nicht mehr erwarten anzukommen.

Andy Sigman legt einen Haufen unwahrscheinliches Material vor mich hin, und ich frage ihn:

»Was soll ich denn damit tun?«

»Sie springen damit ab ...«, sagt er. »Ohne das würden Sie nicht schnell genug fallen.«

Es ist wirklich alles dabei, was man sich nur vorstellen kann, es sei denn, man hat schlechte Gedanken. Es gibt Lebensmittel, Waffen, Kleider, Munition, Zigaretten, alles, womit man einen armen Forscher, der sich seit fünf Jahrzehnten im birmanischen Dschungel verirrt hat, begeistern könnte. Ich habe immer weniger Lust, mir das alles auf den Buckel zu binden... warum nicht einfach so runterspringen, um sofort Schluß damit zu machen? Es gibt sogar Prismenferngläser und einen Fotoapparat; es ist wirklich zum Verblöden.

Na ja. Wir legen uns trotzdem ins Zeug. Mike, der vor mir ist, verschwindet unter einer Masse von Kleidern und kleinen Paketen. Er sieht aus, als käme er von Macy zurück. Olala, was für ein Beruf...

Es ist soweit

Und dann folgt eins aufs andere. Wir befinden uns jetzt über der Insel. Es ist eine ziemlich große Insel… Ich hatte Angst, ich würde sie verpassen und nebendran herunterfallen, aber ich bin beruhigt. In der Mitte gibt es einen hübschen alten Vulkan; selbstverständlich erloschen, mit einem bezaubernden kleinen, ganz runden See auf dem Gipfel, der durch die dichten Bäume glänzt. Wir sind einer nach dem andern abgesprungen, der letzte hat die Tür hinter sich zugemacht, denn hier sind alle gut erzogen… Wir schweben herab, einige hundert Meter von einander entfernt, wobei uns unser ganzer Krempel auf dem Rücken herumbaumelt. Andy ist als erster gesprungen, ich war der vierte; ich habe nicht allzuviel Schiß gehabt, aber das stört trotzdem ein wenig; man fühlt sich ganz durcheinandergeschaukelt und man fragt sich, ob das Ding auch aufgehen wird, wie sie sagen. Ich bin schon fünfzig Meter tiefer als alle andern; bei meinem Gewicht ist es nicht verwunderlich, wenn ich schneller falle. Die Bäume kommen näher, wir sind gehalten, dazwischen herunterzukommen… Es bestand keine Möglichkeit, uns auf dem flachen Land herunterzulassen, es war zu nahe bei dem mutmaßlichen Ort, an den sich der Doktor zurückgezogen hatte … Daher riskieren wir den Absprung, wobei jeder auf eigene Rechnung versuchen soll, sich nicht den Hals zu brechen. Ich kann schon die Wipfel der ersten Bäume erkennen und ich fange an, ein wenig an meinen Fangleinen zu ziehen und mich hin- und herzuwiegen, um mich wenn möglich im letzten Augenblick in die ungefährlichste Richtung zu steuern. Wenn man tiefer ist, geht es noch schneller… Ich krümme mich zusammen, bereit, den ersten Ast zu ergreifen, den ich sehe… Hoppla, da ist er… Er zerkratzt mir die Hände, und ich verpasse mir einen Schlag mit dem Baum auf den Schädel … etwas sehr Gediegenes… im Lärm zerbrochener Äste purzele ich herunter, wobei ich mir einige Schienbeine verstauche und werde am Ende von einer listigen Baumgabel völlig eingeklemmt ... Ich bin mindestens sechs Meter vom Erdboden entfernt. Nicht weit von mir höre ich verschiedene Geräusche und Flüche! ... Einer meiner kleinen Kameraden ist wohl angekommen ... Es ist jetzt nicht mehr der richtige Augenblick, den Hanswurst zu spielen. Es ist ziemlich hell ... Ich finde mich ohne Schwierigkeiten zurecht ... Ich bin ganz nahe am Stamm und unter mir ist kein einziger Ast, den ich vor einem freien Fall von drei Metern erreichen könnte ... Gut. Im Grunde hatte Andy recht. Ich sichere meine Stellung und knote die Seilrolle auf, die er mir um die Taille gebunden hat. Am Ende ist ein kleiner Enterhaken aus gehärtetem Stahl, den ich mitten im Holz befestige, und ich ziehe die Handschuhe an, die mir um den Hals baumeln, bevor ich das Seil packe ... Es geht. Ich lasse mich fallen ... mit der Kraft meine Handgelenke; mein Gott, bin ich schwer ... Ich schaue ... Noch zwei Meter ... Das wird gehen ... Ich lasse los.

Ich stoße einen lauten Schrei aus, als ich rittlings auf die dicke Kröte falle, die mich seit fünf Minuten erwartete. Sie hat sich sang- und klanglos aus dem Staub gemacht: sie wollte mir lediglich guten Tag sagen, sonst gar nichts ... Sie ist sofort darauf abgehauen. Ich habe meine Verlangen runtergeschluckt, Hals über Kopf davonzurennen und ich habe angefangen, in Richtung des Geräuschs loszumarschieren, das ich vorhin gehört hatte. Als Sammelplatz hatten wir das Ufer des kleinen Sees in nördlicher Richtung, ausgemacht. Ein Kompaß? Vorhanden ... an meinem rechten Handgelenk.

Es ist Mike, der ganz in meiner Nähe heruntergekommen ist. Auch er ist unversehrt geblieben ... aber er hat Mühe beim Gehen, denn ein dicker Ast ist ihm direkt zwischen die Haxen geraten. Als sorgfältiger Mensch hat Mike seinen Fallschirm bereits zusammengefaltet, und ich erinnere mich nun, daß ich meinen mit dem Strick am Baum hängen gelassen habe. Ich sage es ihm.

»Wir werden ihn holen gehen«, sagt er. »Wir können dadurch auffallen.«
»Glauben Sie, daß das noch nicht geschehen ist?« sage ich.
»Ich hoffe es nicht ... Wir werden schnell wissen, woran wir sind ...«
Wir gehen zu meinem Baum zurück, und es gelingt uns, den Strick und den Fallschirm wieder an uns zu bringen; nicht ohne Mühe allerdings ... Bei dieser Gelegenheit erfahre ich auch von der Existenz des Tiroler Mahnung genannten Taschenspielerkunststücks ... Es ist sehr einfallsreich ...
Dann machen wir uns auf den Weg zum See. Der Wald ist dicht und voller schneidender und harter Gräser. Zum Glück schützen uns unsere Kombinationen, und außerdem ist diese Insel schon ganz schön besucht worden; es gibt Reste von Pfaden, über die man noch gehen kann. Eine Viertelstunde genügt uns, um den kleinen See zu erreichen. Das Ufer glänzt unter dem Mond; dicke Lavablöcke stecken die abschüssigen Ufer des Wassers ab.
Ein kleines Feuer flackert ganz in der Nähe. Mike bleibt stehen, schaut hin ...
»Es ist Sigman«, sagt er. »Er erwartet uns dort.«
Wir gehen zu ihm und stellen fest, daß Aubert schon bei ihm ist. Allmählich kommen alle aus dem Wald heraus und bald sind wir wieder alle acht beisammen. Carter hat sich das Handgelenk verstaucht, das ist alles. Gary zappelt wie ein Teller voller Heuschrecken; sein Absprung hat ihn wachgemacht wie nie zuvor. Aubert stößt mich mit dem Ellbogen an.
»Schade, daß meine Frau nicht da ist«, sagt er. »Ein Seeufer im Mondschein, das würde sie wahnsinnig inspirieren ... zumal sie Ungarin ist ...«
Ich verstehe zwar den Zusammenhang nicht so recht und sage es ihm, aber das verwirrt ihn nicht im geringsten.
»Sie ist eine Romantikerin, verstehen Sie ... das erklärt einfach alles.«

Wenn sie eine Romantikerin ist, habe ich dem nichts hinzuzufügen. Andy fängt an, seine Anweisungen zu geben. Es wird vereinbart, daß zwei von uns hier bleiben. Carter und ein anderer, ein großer Rothaariger mit einem Vogelkopf, werden bestimmt. Sie sollen eine Art Lager einrichten, das sie so gut wie möglich verbergen und wo wir das Material ablegen. Die andern nehmen die Festung Schutz in Angriff...
Es gibt tatsächlich irgend so eine Hütte, auf die sich dieses Wort anwenden läßt.
»Wann brechen wir auf?« sagt Gary.
Er hat eine Leica umhängen und brennt darauf, die Fährte aufzunehmen. Wie ein Jagdhund mitten auf dem flachen Lande, nimmt er die Witterung des Hasen im Pfeffer an, auch Hasenpfeffer genannt (ein Spezialist unter meinen Freunden hat mir versichert, daß sich der Hund den Hasen nur unter diesem Aspekt vorstellen kann, daher auch seine Affinität mit diesem Tier und die Pflicht, die er sich auferlegt, die Wirklichkeit mit dem Ergebnis seiner Idee in Einklang zu bringen).
»Es wird nicht mehr lange dauern«, antwortet Andy.
Tatsächlich lichten wir zehn Minuten danach die Anker. Andy hat sich orientiert, und wir marschieren zügig durch den dichten Inselwald.
Ich zähle nicht die Zahl der Schritte, die wir machen, aber sie muß zwischen dreitausendvierhundertundsieben und dreitausendvierhundertundneun liegen, als wir in eine Ebene gelangen. Wir lassen den Wald hinter uns und schlagen uns geradewegs durch Felder voller Gräser und japanischer Stahlhelme, Reste des Krieges, der vor gar nicht allzu langer Zeit hier wütete.
Es ist etwa drei Uhr morgens.
Wir gehen geräuschlos vor, trotz allem ein wenig beunruhigt. Wie werden sich die Dinge anlassen? Der Boden ist trocken und hart unter unseren Schritten, und Pflanzenstengel knakken rhythmisch, als wir unseren Weg in die Richtung bahnen, die Andy uns angegeben hat.

An gewissen Zeichen glaube ich zu erkennen, daß wir uns in der Nachbarschaft bewohnter Orte befinden. Stellenweise sind Laufspuren zu sehen, und nun zeigt sich ohne die geringste Scham eine Straße vor unseren Augen, liegt unter dem gelben Auge des Mondes, der so tut, als schaue er woanders hin.

»Halt!« befiehlt Andy.

Wir machen halt. Andy orientiert sich von neuem.

»Weitergehen.«

Wir biegen nach links ab.

»Keinen Lärm!« empfiehlt Andy. »Wir sind sicher nicht mehr weit ...«

Eine Viertelstunde noch ... und ich trete Jameson auf die Absätze, der vor mir stehengeblieben ist. Aubert verfehlt mich nicht und prallt mit voller Wucht gegen mich. Na ja, er ist nicht schwer ... zum Glück ...

»Rücken Sie mir nicht zu nahe auf den Leib, Aubert«, sage ich. »Die Ungarinnen sind sicherlich furchtbar eifersüchtig. Sagen Sie mal, wo haben Sie eigentlich Ihren Namen aufgegabelt? Sind Sie kanadischer Abstammung? Oder was?«

»Mohikaner ...« sagt er, »und der Teufel weiß, warum ich so heiße.«

»Pst!« sagt Andy halblaut. »Mensch«, sagt er noch, »das ist ja toller als mit Segeltuchrollschuhen Harpunenfischerei zu spielen.«

Vor uns liegt ein riesiger Landsitz, halb verdeckt von einem Vorhang von Bäumen ... Ein großes niedriges Haus ist von oben bis unten hell erleuchtet; das heißt über die ganze Breite, weil oben genauso tief ist wie unten, wie das unbestreitbar bei allen eingeschossigen Häusern der Fall ist.

Man hört die Echos einer undeutlichen Jazz-Musik ... guter Jazz ... Silhouetten gehen an den Fenstern vorbei ... Wir sind noch zu weit entfernt, um etwas zu sehen ...

Andy duckt sich und wir tun das gleiche.

»Rock«, ruft er. »Und Sie, Mike. Kommt her zu mir ...«

Ich robbe zu ihm, und Mike ist schon bei ihm. Er nimmt ein großes Fernglas und hält es mir hin. Ich habe meines natürlich im Lager gelassen.
»Sehen Sie sich das an...«
Ich schaue... Es ist verschwommen; ich drehe am Rädchen ... So was, das... ist ja lustig.
Sie sind alle mit bezaubernden Perlenketten oder Blumenarmbändern behängt... nein, ich übertreibe... Einer ist dort drüben dabei, der hat eine Girlande auf der Brust und ein farbiges Stirnband um den Kopf...
»Zieht euch aus«, befiehlt Andy. »Und Sie pflücken Blumen, Aubert ... zusammen mit Jameson ... und flechten einen Kranz daraus...«
»Aber ich hab' überhaupt keine Ahnung, wie man das macht«, stöhnt der lange Jameson.
»Komm, laß dir da keine grauen Haare wachsen«, sagt Aubert. »Das ist die Kindheit der Kunst... Man sieht, daß du nie Theater gespielt hast... Wenn man Theater spielt, lernt man alles.«
Ich folge Andys Befehl, und bald bin ich in der leichtesten Aufmachung... Die andern, die sich nicht um die Blumen zu kümmern brauchen, stehen sofort um mich herum...
»Mannomann«, sagt Nicholas... »Aber Sie sind ja der Mister Los Angeles vom letzten Jahr.«
Ich fange an zu lachen... Ich habe einen guten Schneider und wenn ich angezogen bin, ahnt keiner, was ich mir für eine Anatomie zurechtgezimmert habe (meine Eltern haben mir am Anfang dabei geholfen).
»Stimmt«, sage ich... »aber für mich ist das kein Ruhmestitel ... Jeder hält mich für einen Idioten...«
»So gewaltig irrt man sich da nicht«, sagt Gary.
Unterdessen hat Mike Bokanski seine Kleider ebenfalls abgelegt, und wahrhaftig, wir passen gar nicht so schlecht zusammen. Mike, der Junge, kann mithalten.
Aubert hat ein hübsches kleines Blumenarmband aus Zinzillastrabis geflochten und streift es mir über. Es steht mir

sehr gut … Jameson begnügt sich damit, Blumen zu pflükken … Sein erster Versuch ist eine gemeine Schweinerei und er versteift sich nicht drauf …

»Ihr geht jetzt zu ihnen«, sagt Andy zu uns. »Und kommt so schnell ihr könnt mit Auskünften zurück …«

»Und wenn wir nichts erfahren?« sagt Mike.

»Ich verlasse mich auf euch«, antwortete Andy.

»Das ist mir unangenehm«, sagt Mike. »Erstens habe ich meinen Hund nicht dabei und zweitens habe ich keine Handgranaten. Ich bin völlig wehrlos.«

»Seht zu, wir ihr klarkommt«, sagt Sigman. »Und laßt uns jetzt in Frieden …«

»Gut, Chef«, sagt Mike. »Wir gehen.«

Er schmückt sich mit Blumen und wir flitzen los, wobei wir uns am kleinen Finger halten, so zum Spaß. Die Männer biegen sich ganz leise vor Lachen.

Anfangs geniert das ein bißchen, wenn man sich ganz nackt fühlt, aber das Wetter ist so schön und nachts ist es nicht dasselbe. Und außerdem hat es den Anschein, als sei das auf dieser merkwürdigen Insel allen furchtbar schnuppe … Ich war darauf gefaßt, einen gepanzerten, bösartigen Schutz vorzufinden, der gerade dabei ist, Roboter zu fabrizieren, um Amerika zu überfallen oder etwas in dieser Art … Und dann ist es völlig anders … Ein schöner kleiner Empfang von Lüstlingen …

Wir folgen einem mit Blumen bestandenen Pfad … Man hört jetzt die Musik sehr deutlich …

An einer unerwarteten Biegung sehe ich Mike, der mir vorausgeht, von Kopf bis Fuß zittern …

Ein Mann ist am Wegrand gekreuzigt worden … Ein Mann, der ebenfalls nackt ist … sehr blond … ganz blaß … Eine klaffende Wunde in der linken Brust. Er ist mit einem Stahlzapfen, der ihm durchs Herz gedrungen ist, an einen Baumstamm genagelt. Um seinen Hals ein Schild:

SCHÖNHEITSFEHLER

Mike hat mich am Arm gepackt… Er merkt gar nicht, daß er mich sehr fest drückt; ich merke es auch nicht. Dann steht er da mit hängenden Armen.

»Was soll das heißen?« murmelt er. »Können Sie bei diesem Burschen einen Schönheitsfehler entdecken?«

»Na ja…« sage ich, »jetzt würde ich zwar nicht mehr mit ihm tauschen, aber vorher ganz sicher.«

»Er ist tot«, sage ich noch.

»So tot wie man nur sein kann«, antwortet Mike, so kalt wie gewöhnlich, aber trotzdem ein wenig unangenehm berührt.

»Sollen wir wieder zurück oder sollen wir weitergehen?«

»Gehen wir weiter«, sagt Mike. »Wir werden ja sehen.«

Gut, plötzlich finde ich, daß es gar nicht so warm ist und daß wir nichts auf dem Leib haben … Was ist denn ein Schönheitsfehler, den man nicht sieht? Man kann das auch einen Vorwand nennen …

Wir gehen ganz behutsam … Wir sind jetzt ganz in der Nähe des Festes… Ein Pärchen scheint vor uns zu sein… Sie werden an uns vorbeikommen… Sie kommen an uns vorbei…

»He«, sagt Mike *mezzo voce,* »wenn alle so sind wie die beiden hier… dann ist mir klar, warum sie den Kameraden dort umgelegt haben.«

Denn noch nie haben wir zwei Menschen von einer solchen Schönheit gesehen … Sie sind einfach unbeschreiblich. Sie haben gar nicht hochgeschaut, als sie uns sahen. Sie sind gleichgültig vorbeigegangen, sich am Arm haltend. Ein Mann und eine Frau … genausowenig bekleidet wie wir … ein paar Blumen …

»Sagen Sie mal, Mike … Glauben Sie wirklich, daß wir eine Chance haben nicht aufzufallen? … Ich fühle mich voller Schönheitsfehler… Und da drinnen muß ich eine ausgesprochene Katastrophe sein …«

»Sie sind okay«, sagt Mike … »Aber ich, das kann ich nicht abschätzen …«

Ich sehe ihn genau an... Es ist nichts an ihm auszusetzen... Das Haarsystem ist vielleicht etwas zu stark entwickelt... Ich teile ihm meine Zweifel mit...
»Ach was, Quatsch«, sagt Mike. »Wenn das alles ist, dann muß es einfach gehen... Ich werde mir doch nicht alle meine hübschen Haare ausreißen, nur wegen der schönen Augen des Dr. Schutz. Schauen Sie mal nach links«, fährt er ohne Übergang fort.
Zu meiner Linken kniet ein ganz blasser Körper... Ein langer Eisenpfahl durchbohrt seine Kehle ... Der Kopf ist nach hinten geworfen und die Metallstange nagelt ihn am Boden fest... Um seinen Hals hängt das Schild mit dem schicksalhaften Wort...
»Olala«, sage ich ... »Ein seltsamer Empfang... Glauben Sie, daß sie das zu unseren Ehren da aufgestellt haben?...«
»Nein ... Pst ...«, flüstert Mike...
Wir sind gerade auf offenem Gelände angekommen. Zwölf oder fünfzehn Paare tanzen einen Slow, während andere umherlaufen, hin- und hergehen, lachen, trinken, tanzen... Jetzt dürfen wir uns keine Blöße geben, wenn ich mal so sagen darf...

Die Geheimnisse des Markus Schutz

Einige Meter von uns entfernt stehen drei Frauen. Sie sprechen zerstreut miteinander und scheinen das Verhalten von jemandem zu beobachten. Ich nehme meinen ganzen Schneid zusammen und verbeuge mich vor der ersten. Glaubt mir, es ist das erste Mal in meinem Leben, daß ich ohne den Schatten eines Schleiers mit einer Person tanze, die als einziges Kleidungsstück ein großes Halsband aus roten

Blumen trägt. Zum Glück haben Sunday Love und meine alten Freundinnen Beryl und Mona mir ermöglicht, etwas Vorsprung zu gewinnen… Obgleich mir das so fern zu sein scheint. Ich spüre auf meiner Brust den Druck zweier runder, fester Kugeln, und meine Beine berühren zwei glatte, frische Fleischsäulen… Ich ziehe sie etwas an mich, aber ich wünsche, daß die Schallplatte, falls es eine Schallplatte ist, nicht allzu früh aufhört oder aber, daß sie sofort aufhört…
Mike tanzt ebenfalls. Ich beobachte die dritte Frau aus der Gruppe. Sie entfernt sich, ohne uns auch nur einen Blick zuzuwerfen.
Zweimal hintereinander gehe ich in die Luft, weil ich zwei völlig identische Gesichter sehe, aber unser Besuch in der Klinik von San Pinto hatte mich in dieser Hinsicht bereits aufgeklärt. Mensch, und Jef Devay? Was ist denn aus dem geworden? Seit meiner Rückkehr nach Los Angeles haben sich so viele Dinge ereignet, daß ich völlig vergessen habe, daß er uns begleiten sollte.
Ich zögere. Soll ich mit dieser Frau sprechen?… Sie macht den Anfang.
»Von welcher Serie sind Sie?« fragt sie mich rundheraus. »Sie sehen nach einem S aus.«
»Das stimmt«, sage ich glücklich, daß sie mir aus der Patsche hilft. »Und Sie?«
»Nur Serie O«, sagt sie bescheiden. »Ich habe nicht geglaubt, daß der Doktor Sie kommen läßt… Es ist nämlich ein Fest für die O-Serie.«
»Ich habe mir eben zu helfen gewußt«, sage ich. »Wissen Sie, innerhalb einer solchen Serie gleicht man sich doch etwas zu sehr… Das ist eintönig…«
»Ja«, sagt sie, »der Doktor kann noch so viele verschiedene Gesichtselemente zusammensetzen, es gibt immer gemeinsame Punkte… Ich bin froh, daß ich mit einem S reden darf.«
Sie zeigt mir ihre Freude, und ich bin gezwungen, das gleiche zu tun…

»Kommt der Doktor heute abend?« sage ich, ein bißchen aufs Geratewohl.
»Ja, er kommt zum Schluß ... Er wird bald da sein ... Sollen wir gleich auf die Wiese gehen?«
»He ...« sage ich etwas verlegen.
Was tut man auf dieser Wiese? Ich kann es mir in etwa denken ...
»Heute dürfen wir«, sagt sie. »Es ist kein gefährlicher Tag ...«
Langsam sehe ich durch, worum es sich handelt.
»Möchten Sie nicht lieber plaudern?« sage ich.
»Oh ...«, sagt sie, »plaudern ... Das ist zwar lustig ... aber eine besondere Abwechslung ist es nicht ... Ich möchte so gern mal mit einem S Liebe machen ...«
Ich kann nicht gut ablehnen ... und vor allem kann ich ihr nicht sagen, daß mir das mißfällt ... Ich bin gerade dabei, ihr unfreiwillig das Gegenteil zu beweisen ... Jesus, was für ein Tag ...
Sie zieht mich zu den Bäumen mit, und wir trennen uns, sobald wir in der Dunkelheit sind. Sie läuft und zieht mich dabei an der Hand mit. Wo ist Mike? Es ist mir schnuppe.
Wir wälzen uns in dichtem, duftendem Gras. Sie ist völlig außer Rand und Band.
»Sofort«, stöhnt sie ... »Sofort ... Bitte ...«
Verflixt, wenn es so schnell geht, dann ist es nicht mehr lustig. Ich fange an, Geschmack zu finden an den kleinen einleitenden Spielchen und ich zeige es ihr auch schön. Außerdem entspannt es auch ein bißchen.
Nach drei Minuten Sport muß ich ihr die Hand quer in den Mund stecken, um sie am Brüllen zu hindern. Sie windet sich wie ein dreiteiliger Aal. Sie ist etwas zu vollkommen; man sucht barocke Reliefs, Anomalien ... Nichts ... Nicht der mindeste Schönheitsfehler. Und dennoch eine ziemlich bemerkenswerte Festigkeit.
Los ... Stellungswechsel ... Das Gras ist zwar angenehm, aber sich auf eine hübsche Haut legen ... das hat auch etwas für

sich … Ich bin etwas zu klarsichtig … Ich möchte gern den Kopf verlieren …
»Na«, sage ich, »was hat man Ihnen beigebracht …«
»Dem Befehl zu gehorchen …«, antwortet sie mit gebrochener Stimme.
Ach Gott, auch das noch, dann muß ich ihr also sagen, was ich von ihr erwarte … Ich traue mich nicht mehr … Und außerdem habe ich zuviel Phantasie … eine etwas zu komplizierte Phantasie …
»Lassen Sie nur alles mit sich machen …«, sage ich ihr ins Ohr. »Das ist bequemer.«
Es gibt nämlich noch so ein paar kleine Sachen, die ich mich bei Sunday, Beryl und Mona noch nicht auszuprobieren getraut habe. Sachen, die euch übrigens nichts angehen.
Diesmal bin ich nach einer halben Stunde müde … Fehlendes Training oder zuviel Training. Sie selbst ist völlig reglos … Das heißt, ihr Herz schlägt … Immerhin das … Ich stehe taumelnd auf …
Ich lasse sie einfach da liegen … Was für ein komisches Land. Es stimmt allerdings, daß man kein menschliches Gestüt unterhält, um seinen Pensionsgästen das Murmelspielen beizubringen …
Ich gehe wieder zum Ball zurück. Ich stehe unverhofft vor Mike.
»Was haben Sie denn mit Ihren Blumen gemacht?« sage ich.
»Und Sie?« gibt er zur Antwort. »Wer hat Sie denn ins Schlüsselbein gebissen?«
»Das ist ein Geheimnis, mein kleiner Mike. Was haben Sie denn herausgefunden?«
»Diese Weiber hier sind so was von heiß, das darf doch nicht wahr sein …« brummt Mike in seinen Bart.
»Ich mag das aber sehr«, sage ich. »Aber als Auskunft für Andy ist das recht mager. Mike! … Schauen Sie mal dorthin! … Ein Großvater! …«
Inmitten der Gruppen ist ein Mann aufgetaucht … Hoch-

wüchsig, schlank, mit Silberhaar und bekleidet mit einer Hose und einem Hemd aus weißer Seide.
Er kommt auf uns zu.
»Was tut ihr denn hier?« fragt er. »Heute ist nicht euer Ausgehtag.«
Er sieht mich aufmerksamer an und lächelt dann mit den Mundwinkeln.
»Ach! Das ist ja der liebe Mister Rock Bailey... Entzückt über Ihren Besuch ... Ich habe Sie für ... hm ... für einen meiner Pensionsgäste gehalten.«
»Serie S«, sage ich.
Sein Lächeln verstärkt sich.
»Serie S, ganz genau.«
»Mike Bokanski«, sage ich und zeige auf Mike.
Mike verbeugt sich. Der andere tut das gleiche.
»Ich bin Markus Schutz«, sagt er. »Nun, Mister Bailey... ich bin glücklich über den Zufall, der sie zu mir geführt hat... Sie kennen bereits meinen Landsitz von San Pinto, glaube ich... Dieser hier ist viel angenehmer... Man ist hier viel ungestörter...«
»Außerdem kann man bequem die Leute umlegen, die Schönheitsfehler aufweisen«, antwortet Mike.
Er hebt eine schmale Hand, um zu protestieren.
»Sie begehen Selbstmord. Das ist ein Makel hier ... Ich erziehe sie in sehr eigentümlichen Vorstellungen... Sie sind so beschaffen, daß ihnen allein schon die Vorstellung von der Häßlichkeit ein Greuel ist... an dem Tag, an dem sie sich ihrer Unvollkommenheit bewußt werden, bringen sie sich um ... Da sie trotzdem sehr schön sind, behalten wir die Leichen noch für einige Tage... Meine Gärtner stellen sie am Eingang des Anwesens sorgfältig auf ...«
»Ihre Experimente laufen gut?« sage ich.
»Mein Gott... Ich bin in letzter Zeit etwas gestört worden... Ich muß Ihnen gestehen, daß ich viele Unannehmlichkeiten mit meinen Sekretären, den Brüdern Petrossian, gehabt habe... Ich habe festgestellt, daß sie hinter meinem Rücken

einen kleinen Schleichhandel aufgezogen hatten ... Nichts Schlimmes ... Operationsfotos ... Ich glaube, das Geschäft lief sehr gut, aber ich bekam damit Geschichten an den Hals und ich habe sie gebeten, Schluß zu machen ...«

»Dazu haben Sie Ihre Methoden ...«, sagt Mike.

»Ich habe ausgezeichnete Schützen in meiner Mannschaft«, sagt Markus Schutz. »Aber sagen Sie mal, Bailey ... Ich hatte Sie neulich abends zu mir eingeladen ... Warum haben Sie die junge Dame abgelehnt, die ich Ihnen anbot? ... Dabei sind Sie doch ein Mann, der die Frauen liebt, oder nicht? ... Wohlgemerkt, ich persönlich habe einen etwas anderen Geschmack ... aber ich habe ihre Abneigung wirklich nicht verstehen können ...«

»Ich erinnere mich an Ihre beiden Krankenwärter«, sage ich. »Einen von ihnen habe ich bereits erwischt, aber wenn ich den anderen je zu greifen kriege ...«

»Er ist ein braver Junge«, sagt Schutz ... »Sie dürfen sich nicht so von vorgefaßten Meinungen beeinflussen lassen. Sie werden das alles ganz schnell vergessen. Kommen Sie doch beide zu einem Drink mit ...«

Völlig verblüfft sehen wir uns beide an, Mike und ich.

»Nehmen Sie es nicht tragisch«, sagt Markus Schutz ... »Alle, die mich zum erstenmal sehen, reagieren so. Ich sehe überhaupt nicht nach dem aus, was ich bin. Hören Sie«, fügt er hinzu und wendet sich an mich ... »Sie werden für einige Tage meine Gäste sein ... Ich habe den dringenden Wunsch, Sie mit einer ausgezeichneten Freundin zusammenzubringen ... Diesmal werden Sie nicht mehr so jung sein wie das erste Mal ... hoffentlich ... und wenn Mister Bokanski einverstanden ist ... Ich glaube, daß er die gewünschte Statur hat ... habe ich auch für ihn jemanden.«

»Sie halten mich wohl für einen Eber«, sagt Mike mit einer gewissen Brutalität.

»Aber aber«, sagt Schutz. »Gebrauchen Sie doch nicht solche Worte ... Ich liebe hübsche Geschöpfe und ich versuche, soviele wie möglich davon herzustellen ... Aber ich will Abwechslung und Mannigfaltigkeit, und die vermag ich nur zu erhalten, indem ich häufig meine männlichen Basis-Zuchtelemente wechsle ... Ich sage Ihnen ganz offen, wie es ist ... Ich hoffe, daß wir alle drei immer sehr offen zueinander sein werden ... Ihr Freund scheint mir geradeheraus zu sein«, fährt er fort und wendet sich an mich; »er gebraucht wenig übliche Wörter, aber das ist ja auch Offenheit und Freimut ... Ich finde das nicht unangenehm ...«

Wir folgen ihm über eine Freitreppe aus weißem Stein innerhalb einer riesigen, bezaubernden Villa.

»Ich habe viele Leute zu ernähren«, sagt Schutz, »und deshalb habe ich die ganze Insel kaufen müssen ... Ich habe eine Serie, die auf den Feldern arbeitet; ich habe Leute für alles ... Wenn man den ersten mal gemacht hat, ist es nicht mehr schwer, so weiterzumachen.«

»Wer hat Sie denn auf den Gedanken gebracht, Lebewesen zu machen?« fragt Mike.

»Die Leute sind alle sehr häßlich«, sagt Schutz. »Ist Ihnen schon aufgefallen, daß man nicht auf der Straße gehen kann, ohne eine Menge häßlicher Leute zu sehen? Nun, ich gehe gern auf der Straße spazieren, aber ich habe einen Abscheu vor dem Häßlichen. Deshalb habe ich mir eine Straße gebaut und ich habe mir hübsche Passanten fabriziert ... Das war das Einfachste von der Welt. Ich habe viel Geld verdient, indem ich Milliardäre behandelte, die voller Magengeschwüre waren ... Aber jetzt habe ich genug davon ... Es hat mir gereicht ... Mein Wahlspruch lautet: Wir werden alle Fiesen killen ... Das ist amüsant, finden Sie nicht?«

»Grandios!« sage ich.

»Natürlich liegt da eine gewisse Übertreibung drin«, sagt er noch. »Wir killen sie natürlich nicht einfach so ...«

Wir treten an einen großen, mit einem makellos reinen Tischtuch bedeckten Tisch, auf dem Gläser glänzen und Flaschen und Eis und ein Haufen Dinge, die unweigerlich ans Trinken

erinnern. Die Paare in unserer unmittelbaren Nähe achten nicht im mindesten auf uns drei.
»Ich spiele den Leuten eine Menge Streiche...«, fährt Schutz fort. »Selbstverständlich beschränke ich mich nicht darauf, Kinder in Brutkästen großzuziehen; das ist kein Problem. Ich kultiviere ihren Körper und ihren Geist und ich jage sie hinaus in die Natur oder aber ich behalte sie bei mir, damit sie mir bei meinen Arbeiten helfen. Ich habe beste Referenzen ... So etwa der Filmstar Lina Dardell ... Sie kommt aus meiner Klinik ... Deshalb hat man auch nirgends je etwas über ihr Leben erfahren ... Vor zehn Jahren lag sie noch in ihrem Brutkasten ... Am einfachsten ist das beschleunigte Altern ... Eine vorübergehende Beschleunigung des Lebensrhythmus, eine etwas verstärkte Oxydierung ... das geht von selbst ... Der wunde Punkt ist die Selektion ... die Verbesserung ... Denn es gibt immerhin ziemlich viel Ausschuß ... Etwa sechzig Prozent ...«
»Haben Sie viele Pensionsgäste, die berühmt geworden sind?« fragt Mike weiter.
Schutz sieht ihn an.
»Mein lieber Bokanski, wenn Sie das nicht vermuteten, wären Sie gar nicht hier ...«
»Aber Sie irren sich«, versichert Mike ... »Ich weiß nichts anderes über Sie als das, was Sie mir gesagt haben ...«
»Na ... na ...«, macht Schutz ironisch ... »Sie können sich wohl denken, daß ich genau Bescheid weiß.«
Er wendet sich an mich.
»Fünf Spiele hat Harvard gegen Yale verloren«, sagt er.
»Fußball?« sage ich.
»Ja. Fünf Spiele hintereinander. Das zählt. Und warum das alles?«
»Weil die Mannschaft von Harvard schlechter ist«, sage ich.
»Nein«, sagt Schutz. »Weil die Mannschaft von Yale überlegen ist. Die von Harvard ist die beste von Amerika; aber die von Yale kommt aus meinen Ställen.«

Er lacht höhnisch.
»Nur das, das müssen Sie beweisen... und das ist der Grund für den Besuch Mike Bokanskis und Andy Sigmans in meinem Haus in San Pinto. Wieviel haben Sie von Harvard bekommen, um alles bei mir kaputtzumachen?« fährt er fort, wobei er sich an Mike wendet.
»Nichts«, sagt Mike. »Ich gebe Ihnen mein Wort.«
»Sie haben kein Wort«, sagt Schutz... »folglich verpflichtet es Sie auch nicht sonderlich.«
»Ich bin wegen etwas ganz anderem hier...«, sagt Bokanski. »Von Sport ist dabei keine Rede. Das wissen Sie ganz genau.«
»Ach«, sagt Schutz, »wenn Sie in Rätseln reden, kann ich Ihnen nicht mehr folgen. Kommen Sie und sehen Sie sich meine kleinen Mädchen an; wir haben schon genug Zeit verloren... Ich verlange nur eine Stunde von Ihrer Zeit und dann lasse ich Sie in Frieden...«
»Hören Sie«, sage ich. »Wirklich, glauben Sie mir, ich habe gerade eine genommen, und das ist keine Metapher. Noch vor fünfundzwanzig Stunden war ich völlig unberührt und ich versichere Ihnen, daß ich mich nach dieser Zeit zurücksehne. Denn seit gestern morgen um acht geht das ununterbrochen...«
»Oh«, sagt Schutz... »einmal mehr oder weniger... Los, kommen Sie...«
Wir folgen ihm durch eine Reihe riesiger Zimmer, die in hellen Farben gestrichen sind und große Fenster haben, die aufs Meer gehen, das man in der Nacht undeutlich errät. Der Morgen beginnt gerade erst anzubrechen. Endlich kommen wir an eine Treppe, die nach unten führt.
»Immer unterirdisch«, sage ich.
»Man ist dort sehr gut untergebracht«, antwortet Schutz. »Gleichförmige Temperatur, vollkommener Schallschutz, Sicherheit, es gibt dort alles.«
Wir wühlen uns in die Eingeweide der Erde... sehr saubere

und gut gefegte Eingeweide. Der Doktor geht uns voran, Mike folgt ihm, und ich bilde das Schlußlicht.
»Um auf das zurückzukommen, was wir gesagt haben«, sagt Mike, »so möchte ich gern wissen, wer Pottar ist?«
Schutz gibt keine Antwort und geht unerschütterlich weiter.
»Haben Sie mal was von Pottar gehört?« fährt Mike fort. »Rock, kennen Sie Pottar?«
»Na ja... schon, wie jeder«, sage ich. »Ich habe seine Artikel gelesen... aber ich habe ihn nie gesehen...«
»Man weiß nicht, wer Pottar ist«, fährt Mike fort, der verträumt vor sich hinspricht, als sei er allein; »aber hinter Pottar stehen zwanzig Millionen Amerikaner, die auf ein einziges Zeichen von ihm warten, um hinter ihm her zu marschieren. Und Kaplan?«
»Ich weiß, wer Kaplan ist...« sage ich. »Das ist der, der kürzlich die Kampagne gegen Gouverneur Kingerley geführt hat.«
»Kaplan ist vor vier Jahren in der Welt der Politik aufgetaucht«, sagt Mike, »und er hat alle Pläne Kingerleys zu Fall gebracht, eines Mannes, der seit zwanzig Jahren weiß, wo es lang geht... Man weiß nichts von Kaplan... Doch wenn man sich einmal die Mühe macht, die Theorien Kaplans mit denen Pottars zu vergleichen... erlebt man seltsame Überraschungen...«
»Ich verfolge kaum das politische Geschehen«, sagt Schutz.
Wir sind am Fuße der Treppe angekommen, und Schutz lotst uns durch neue, helle und leere Flure. Der Boden ist ausgelegt mit einem dicken, beige-rosa Teppich, verchromte Wandleuchter erhellen glänzend die Wände.
»Kaplan und Pottar gefallen den Massen«, sagt Mike. »Sie sind schön, sie sind intelligent, sie besitzen Ausstrahlung ... und sie spielen ein gefährliches Spiel. Sie bedrohen die Sicherheit der gesamten Vereinigten Staaten...«
»Sie haben sicherlich recht«, sagt Schutz... »Ich muß Ihnen noch einmal sagen, daß mich das wenig interessiert... Ich bin vor allem Ästhet.«

»Kaplan und Pottar kommen aus Ihrem Haus...«, sagt Mike kalt.
Es entsteht eine Stille. Schutz bleibt stehen, und seine grauen, eiskalten Augen fallen auf Mike.
»Hören Sie zu, Bokanski«, sagt er, »ersparen Sie mir Ihre Witze... Reden wir von was anderem... Das ist eine persönliche Gefälligkeit, um die ich Sie bitte...«
»Schon gut«, sagt Mike. »Ich will nicht mehr davon reden. Aber wenn Sie mir erzählen wollen, daß Sie sich damit zufrieden geben, das Äußere der Leute zu bilden, dann erwarten Sie nicht, daß ich das schlucke... Ich weiß ganz genau, daß zwei Drittel der Politiker, die für die gegenwärtige Regierung gefährlich sind, von Ihnen selbst aufgezogen und entscheidend beeinflußt sind... Ich muß Sie übrigens beglückwünschen... Ihr System funktioniert gut.«
Schutz beginnt zu lachen.
»Hören Sie zu, Bokanski... Ich war nahe daran, mich zu ärgern, aber Sie sagen das mit einem solchen Ernst, daß ich Ihnen verzeihe... Ich, Markus Schutz, soll im Begriffe sein, alle Kreise zu unterwandern, um die Schalthebel der Macht in die Hand zu bekommen?... Na, mein Lieber... Sie wollen sich wohl einen Scherz erlauben... Ich sitze hier auf meiner Insel wie ein König ohne Krone, ich gebe mich in aller Ruhe meinen Experimenten hin...«
»Reden wir nicht mehr darüber«, sagt Mike... »Wo sind Ihre Mädchen?«
»Aha!« sagt Schutz... »Das nenne ich gut gesprochen... Da sind wir.«
Er tritt zur Seite, um uns in einen großen Raum eintreten zu lassen, in dessen Mitte ein Schreibtisch steht. Er geht zu dem Schreibtisch hin, zieht eine Schublade auf, die mit Karteikarten gefüllt ist und liest drin herum.
»Gut«, sagt er. »Saal 309 und 311. Ich lasse sie kommen und in einer Stunde sind Sie frei... natürlich frei, wegzugehen, ich habe nämlich was für Humor übrig, aber nur, wenn er nicht übertrieben wird.«

»Ich verspreche Ihnen, daß wir nicht die Absicht haben, hier alt zu werden«, sage ich. »Wenn Sie uns nicht so nachdrücklich bitten würden, doch noch zu bleiben, wären wir schon längst wieder zurückgekehrt.«
»Sie müssen sich ein wenig lächerlich vorkommen«, fährt Schutz fort. »Eine B-29 nehmen, mit dem Fallschirm abspringen wie kleine Fallschirmspringer, sich ganz nackt ausziehen und das Haus eines armen alten Mannes überfallen, der Menschenpflanzen zieht wie andere Orchideen züchten oder den Chistoperzacchio, also darauf brauchen Sie wirklich nicht stolz zu sein ...«
»Ich gebe zu, daß es dumm ist«, gesteht Mike ein.
Aber ich habe den Eindruck, daß Mike immer mehr auf der Hut ist.
»Auf jeden Fall«, fährt Schutz fort, »kommen Sie jetzt mit mir. Ich werden Ihnen zeigen, wo es ist.«
Er nimmt das Telefon ab.
»Schicken Sie P. 13 und P. 17 zu den Zimmern 309 und 311«, sagt er.
Er dreht sich wieder nach uns um.
»Die beiden sind völlig identisch. Wenn Sie es vorziehen, alle vier zusammen zu sein, also ganz, wie Sie wollen... die beiden Zimmer gehen ineinander über.«
»Danke«, sagt Mike. »Wir werden uns die Erlaubnis zunutze machen.«
Schutz legt zerstreut den Hörer auf.
»Also gut, gehen wir.«
Wir folgen ihm wie zwei treue Jagdhunde der Schnecke.*
Vor Zimmer 309 bleibt er stehen, und Mike geht hinein. Ich überschreite die Schwelle der nächsten Tür.
»Bis nachher!« ruft uns Schutz nach, während er geht.
Die Polizei in seinen Fluren ist zuverlässig. Wir haben keine lebende Seele gesehen, seit wir herunter gekommen sind.

* Ein Wortspiel, das es im Amerikanischen nicht gibt und das im Französischen nicht lustig ist (Anmerkung des Übersetzers).

In meinem Zimmer erwartet mich eine sehr hübsche Person. Sie hat flammend rotes Haar. Rothaarig von Kopf bis Fuß.
»Guten Tag«, sagt sie. »Sie sind doch mindestens ein S.«
»Ich bin ein Freischärler«, sage ich. »Ich arbeite auf eigene Rechnung.«
Sie scheint ein wenig überrascht.
»Wie kommt es, daß Sie hier sind?«
»Das sind Dinge, die schon mal vorkommen«, sage ich. »Wenn es kein Geheimnis mehr gäbe, wäre das Leben nicht lustig.«
Ich gehe zur Verbindungstür und trete ein, ohne anzuklopfen.
Mike sitzt auf dem Bett. Vor ihm steht die genaue Doppelgängerin meiner Gefährtin.
»He, Mike«, sage ich. »Schaffen Sie es noch?«
»Ich habe allmählich die Nase voll«, sagt er. »Erstens verabscheue ich das, und zweitens habe ich mit einem Mal in der Woche völlig genug. Wie wärs, wenn wir die beiden allein mit sich klarkommen ließen?«
»Ausgezeichnete Idee«, sage ich.
Ich gehe wieder zurück in das andere Zimmer.
»Kommen Sie, Sally«, sage ich. »Wir werden Spiele spielen.«
»Gern«.
Sie drängt sich an mich und schiebt die Hüften hin und her. Ich bleibe gleichgültig.
»Gefalle ich Ihnen nicht?« sagt sie.
»Doch, Liebling«, sage ich. »Aber ich bin homosexuell.«
»Was soll das heißen?«
»Daß ich nur die liebe, die mir gleichen. Wenn es Ihnen also nichts ausmacht, werden Sie sich mit Mary zerstreuen.«
»Aber warum geben Sie uns diese Namen«, sagt sie.
»Ich mag keine Nummern«, sage ich.
Sie läßt sich mitziehen und schaut mich beunruhigt an. Mike stößt einen Ausruf aus, als er sie sieht.

»Das darf doch nicht wahr sein«, sagt er. »Das sind Geschichten. Die können sich doch nicht derart gleichen.«
»Aber doch«, protestiert Mary. »Wir sind Zwillinge von der selben Serie… Das wissen Sie doch…«
»Das ist ja empörend«, sagt Mike. »Eine solche Frau zu heiraten und dir ständig sagen zu müssen, daß sie dich mit einem andern betrügt…«
»Aber wir sind *zwei*«, sagt Sally. »Zwei, verstehen Sie?«
»Wißt ihr wenigstens, was zwei hübsche Mädchen miteinander machen können?« sagt Mike.
»Das ist streng verboten«, sagt Mary.
»Ich will Ihnen mal was sagen«, sagt Mike. »Ich kann nicht mit Ihnen schlafen, weil mein Arzt mir diese Art Sport verboten hat. Ich bin ein Schwachmatikus und muß mich ständig ausruhen.«
»Sie wollen sich überhaupt nicht ausruhen«, sagt Sally. »Das sieht man doch.«
»Machen Sie sich keine Gedanken«, sagt Mike. »Das ist nur ein Reflex; das ist genau wie die Leichenstarre, das hat nichts zu bedeuten. Kommen Sie her, Sie…«
Er packt Sally.
»Ich«, sagt er, »möchte Sie gern voneinander unterscheiden können.«
Er setzt sie auf seine Knie, und sie unternimmt alle Anstrengungen, damit das zu etwas führt… aber er begnügt sich damit, sie festzuhalten und er beißt ihr heftig in die linke Schulter. Sie stößt einen Schrei aus und wehrt sich. Er lutscht ein wenig, um eine schöne, violette Färbung zu erhalten und läßt sie los.
»So«, sagt er, »kann man Sie nicht mehr verwechseln. Und jetzt legen Sie sich aufs Bett, Mary.«
Er packt sie und legt sie aufs Bett. Sie läßt es mit sich geschehen, passiv, keuchend. Er schnappt sich Sally, dreht sie um und legt sie auf ihre Gefährtin.
»Ihr seid jetzt unmittelbar an der Einsatzstelle, wenn ich mal

so sagen darf«, fährt er fort. »So, Kinder, und jetzt bedient euch dessen, was der liebe Gott euch mitgegeben hat.«

Sie entfernen sich voneinander, rot vor Scham.

»Aber ... wir haben das nie gemacht ...«, sagt Sally.

»Hochanständige Leute tun es«, versichert Mike. »Küßt euch ... sanft ... Es ist sehr angenehm, ihr werdet sehen.«

Er kniet sich neben sie und bringt sie einander näher. Mary begreift allmählich und gibt sich dem Kuß Sallys hin, die sich gehen läßt, und mit Hilfe von Mikes Liebkosungen sind sie bald auf vollen Touren. Ab und zu gibt Mike ihnen einen großen Klaps auf den Hintern ...

»Nur ran, Schätzchen«, sagt er ... »Das tut niemandem weh und auf diese Weise bekommt man keine Kinder.«

Nun, es ist ziemlich angenehm zuzusehen, wie zwei hübsche Mädchen Liebe miteinander machen ... Das ist ein neues Schauspiel für mich, aber ich gewöhne mich sehr schnell daran. Marys Haare fegen über die zarte Haut von Sallys Schenkeln, und diese gibt als erste nach und wirft sich zurück, wobei sie vor Befriedigung gluckst ... Aber die andere ist damit gar nicht einverstanden.

»Mach weiter ... du Kamel ... Höre ich vielleicht auf?«

»Komm, Kleines«, sagt Mike ... »Nur keine Sorgen ... Mein Arzt muß sich geirrt haben ...«

Er legt sich neben Mary und hält sie an sich gedrückt, eine Hand an ihrer Brust. Sie krümmt sich und preßt ihren Rükken gegen Mikes Bauch, und Mike geht mit einer bemerkenswerten Präzision zu Werke ...

Verflixt ... nichts für mich ... Wirklich, ich habe etwas übertrieben ... Ich drehe mich um und gehe in das Zimmer nebenan ... Amüsiert euch, Kinder ... Ich werde ein wenig schlafen ... Ich strecke mich aus und schließe die Augen ... Fünf Sekunden ... Ich schlafe ...

Wir reden über Philosophie

Eine kräftige Faust schüttelt mich. Ich schaue. Mike steht neben mir, keuchend und schweißbedeckt.

»Rock«, sagt er, »kommen Sie, helfen Sie mir... Ich kann sie nicht mehr im Zaum halten... Wir werden ihnen eine anständige Tracht Prügel verpassen, erst dann haben wir unseren Frieden.«

»Mein lieber Mike«, sage ich, noch ganz dösig von einem Zipfel Schlaf, »das ist allein Ihre Schuld...«

»Das ist ein Gefallen, um den ich Sie bitte, Rock«, sagt er.

»Die Tracht Prügel können Sie ihnen auch allein verpassen«, sage ich. »Das sind doch alles Impotenz-Geschichten... und verkappte Flagellationen ...«

»Rock«, sagt Mike, »ich schwöre Ihnen, daß ich noch jungfräulich war, als ich auf der Insel ankam. Ich hatte Bücher gelesen und war theoretisch beschlagen, aber ich hatte noch nie eine Frau angerührt ...«

»Na, schämen Sie sich dann nicht?« sage ich.

Ich kann nur lachen, als ich sein aufgelöstes Gesicht sehe...

»Es ist wahr«, sagt Mike ... »Das einzige, was mich interessiert, sind Gymnastik und Körperkultur ...«

»Ach, Kleiner«, sage ich, »das ist nicht alles im Leben ...«

Ich folge ihm ins Zimmer nebenan, dessen Tür er die ganze Zeit über zugehalten hat, und die beiden Furien fallen über ihn her... Ich packe eine bei dem, was mir unter die Hände kommt, ich lege sie mir aufs Knie und verpasse ihr auf den Hintern eine ganze Serie von diesen Klapsen, von denen in der Heiligen Geschichte die Rede ist. Danach stelle ich sie wieder auf die Beine und wuchte ihr meine Faust ins Auge. Es ist Sally... Ich erkenne den Biß. Sie zappelt immer noch. Ich nehme sie mit und schließe sie in meinem Zimmer ein. Ich komme zurück und finde Mike auf Marys Rücken sitzend. Sie

liegt bäuchlings auf dem Bett, und es hat den Anschein, als rühre sie sich nicht mehr.
»Es graust mir davor, Frauen zu schlagen«, sage ich, »aber kann man das hier als Frauen ansehen?«
»Nein«, sagt Mike. »Wie wärs, wenn wir gingen ...«
»Hauen wir ab? Was für Informationen haben wir für Andy?«
»Keine«, sagt Mike. »Das ist alles längst bekannt. Sigman weiß Dinge über Schutz und seine Geschäfte, mit denen er ein Buch füllen könnte, das so dick ist wie der Webster.«
Ich setze mich neben ihn, auf Marys Schenkel. Das ist warm.
»Der Beruf des Detektivs ist was Tolles«, sage ich und strecke mich. »Aber inzwischen muß es schon mindestens sechs Uhr morgens sein, und ich komme allmählich vor Hunger um. Hat Schutz wirklich all das getan, was Sie sagen? Die Geschichten von Pottar und Kaplan? Was will er eigentlich?«
»Präsident der Vereinigten Staaten werden«, sagt Mike.
»Aber jeder amerikanische Bürger hat doch die Möglichkeit, Präsident der Vereinigten Staaten zu werden«, antworte ich. »Das steht in allen Büchern. Also, warum nicht er? Na ja, dann haben wir wenigstens schöne Jungens als Senatoren.«
»Sie«, sagt Mike, »Sie sind gerade im Begriff, zum Feind überzulaufen. Erinnern Sie sich ein wenig an die Schilder mit dem ›Schönheitsfehler‹ und an die kleinen Geschichten in den Straßen von Los Angeles und an die Mädchen, die er entführen ließ ...«
»Verdammt noch mal«, sage ich. »Eine schöne Bande von Verrückten ... wenn sie alle so sind, wie Mary Jackson, schenke ich sie ihm ...«
»Und die Operationen«, sagt Mike ... »Erinnern Sie sich an die Operationen, Rock?«
»Aber er behauptet doch, es seien seine Sekretäre, die die Situation ausgenützt haben? Er hat den Namen der Brüder Petrossian genannt, nicht wahr?«
»Das ist nicht statthaft«, sagt Mike. »Man kann doch nicht

zulassen, daß ein Mann auf diese Weise sein eigenes Gesetz durchsetzt…«

»Ist es Ihnen lieber, daß das eine Bande korrupter Politiker tut?« sage ich. »Natürlich ist da noch diese Geschichte mit den Fiesen, die alle gekillt werden sollen. Aber genau besehen, gehören Sie und ich zur andern Kategorie… also?«

Während wir sprechen, beginnt Mary sich offensichtlich zu langweilen, denn sie bewegt sich und versucht, uns zum Fallen zu bringen.

»Stillgehalten!« befiehlt Mike und versetzt ihr einen dröhnenden Klaps auf den Hintern.

»Olala«, stöhnt sie … »Ich habe den Eindruck unter eine Dampfwalze geraten zu sein…«

»Ich auch«, sagt Mike. »Also, Klappe halten.«

Er spricht weiter.

»Begreifen Sie denn nicht, wieviele Leute umgebracht werden müssen, Rocky. Das ist entsetzlich.«

»Aber wenn sie doch fies sind«, sage ich. »Hinterher wird es viel lustiger sein…«

»Aber man braucht doch auch Fiese«, sagt er. »Mein Gott, was tun wir denn ohne Fiese? … Begreifen Sie denn nicht, Mann?… Wer geht denn dann noch ins Kino, wenn alle Leute schön wie Apollo sind?«

»Na ja, dann geht man sich halt die Fiesen ansehen«, sage ich. »Es genügt ja, wenn man ein paar Dutzend behält.«

»Begreifen Sie auch, daß man dann fies sein muß, um bei den Mädchen Erfolg zu haben?« fährt Mike in verzweifeltem Ton fort. »Alle Krummbeinigen werden dann triumphierende Gesichter aufsetzen, und wir können uns ganz allein amüsieren… Und wird das lustig sein, wie Sie sagen?«

»Das«, sage ich, »ist ein verdammt überzeugendes Argument, um so mehr, als es *ad hominem* ist. So wie die Dinge im Augenblick stehen, ist es sicher, daß wir Chancen bei den Mädchen haben… aber sehen Sie: was nutzt es uns? Wir bleiben bis zwanzig und darüber hinaus unberührt.«

»Nur weil wir Arschlöcher sind«, sagt Mike, »sollen wir die Gesellschaft zugrunde gehen lassen, selbst wenn es eine Gesellschaft von noch größeren Arschlöchern ist.«
»Ich bin mit dieser Schlußfolgerung überhaupt nicht mehr einverstanden«, sage ich. »Erstens sind wir eigentlich keine Arschlöcher, sondern keusche Menschen, was lobenswert ist; zweitens sind mir die andern schnuppe.«
»Mir auch«, sagt Mike, »nur, wenn ich das Andy Sigman sage, wird er mich stundenlang anschnauzen und mir nachweisen, daß ich ein Hinterwäldler bin. Deshalb werde ich auch dem Geheimagenteneid treu bleiben. Hauen wir ab und machen unseren Bericht und lassen wir Andy sehen, wie er zurechtkommt.«
»Einverstanden«, sage ich. »Hauen wir ab. Aber wie?«
»Wir machen die Tür auf«, sagt Mike, »und ziehen Leine?«
»Und stoßen auf Papa Schutz, der mit einem Maschinengewehr hinter uns herläuft. Kommt nicht in Frage.«
»Aber nein«, sagt Mike, »das sind doch Faxen. Er arbeitet gerade in seinem Büro.«
»Gut, dann gehen wir.«
Wir stehen zusammen auf, und Mary bleibt liegen. Sie stößt einen Seufzer der Erleichterung aus und schläft ein. Sie hat einen Kamm nötig und braucht einen anständigen Schluck aus der Flasche.
Mike geht zur Tür und macht sie auf. Er schaut in den Flur, nach rechts und nach links.
»Nichts«, sagt er. »Wir können gehen.«
Er geht hinaus, ich folge ihm. Wir machen einige Schritte. Alles ist ruhig und still. Wir versuchen die Treppe wieder zu finden:
»Es ist dort«, sagt Mike ohne zu zögern.
Wenn sein Hund bei uns wäre … wäre es schon geschafft … Dieser Ort verursacht mir einen Katzenjammer. Da ist die Treppe. Sehr einfach. Aber oben ist alles abgeschlossen.
Das ist auch sehr einfach.

Wir versuchen es an der ersten Tür. Sie gibt nach vier Versuchen nach. Wir machen so wenig Lärm wie möglich, aber unsere Kräfte sind ziemlich erschöpft... und es ist sehr anstrengend, keinen Lärm zu machen.

Nach der ersten gibt es natürlich eine zweite...

»Ich habe die Nase voll«, sage ich. »Ich schreie. Ich werde schreien. Ich werde brüllen. Ich werde grölen ... Uauauauaua...«

Ich stoße ein Geschrei aus, das Tarzan beschämt hätte, und ich fühle mich viel besser. Der große Saal, in dem wir sind, dröhnt unheildrohend.

»Sie sind übergeschnappt, Bailey«, sagt Mike. »Das bringt Ihnen doch überhaupt nichts, wenn Sie so schreien.«

»Es erleichtert, Mike«, sage ich. »Versuchen Sie es. Es ist großartig.«

Und ich fange von vorne an. Diesmal spüre ich, daß ich ganz blau werde, und ich höre, wie die Gläser auf dem Tisch zu klirren anfangen.

»Das ist gar nichts«, sagt Mike. »Ich kanns besser. Hören Sie.«

Er stellt sich breitbeinig hin, legt die Hände trichterförmig vor den Mund und stößt die schönste Salve von Schreien aus, die Jericho je gehört hat. Ich will ihm nichts schuldig bleiben und antworte schlagfertig und nach bestem Vermögen. Wir stehen da und schreien uns gegenseitig ins Gesicht, und plötzlich bekomme ich einen Eimer eiskaltes Wasser über den Arsch. Ich hatte vergessen, daß ich splitternackt war, aber das erinnert mich blitzschnell wieder daran. Mike dreht sich um... Ihm ist die gleiche Behandlung zuteil geworden.

»Verflucht und zugenäht, so ein Schwein«, sage ich. »Können Sie nicht die Leute sich in aller Ruhe amüsieren lassen?«

Hinter uns... aber das ist doch... dieser Schurke... dieser Grobian...

Mit einem Wort, der Kerl, der mir die Elektroden in den Hintern gesteckt hat. Du bist schon tot, Alter. Ich springe in die Luft und falle im Laufen wieder herunter. Er hat meine Bewegung vorausgesehen und galoppiert schon zwei Meter vor mir. Mike schließt sich an, und schon wetzen wir durch die Villa Schutz wie Känguruhs, das heißt mit Hüpfeinlagen.

Er hängt uns immer stärker ab, weil er die Örtlichkeiten kennt, und so auch mal eine Tür aufmachen kann, durch die er noch schneller davonflitzt. Aber da habe ich ihn schon fast eingeholt. Im Laufen rufe ich ihm Beleidigungen zu.

»Hurensohn! Du Spätentwickler! Du Brassengesicht! Bleib mal nen Moment stehen, wenn du keine Angst hast!«

Das ist natürlich zwecklos, denn ich wiege gut dreißig Kilo mehr als er... Ich bin im Grunde ein großer Feigling. Wir sind in einem neuen Flur, und ich ziehe meine Knie bis unter die Nase, soviel Eifer lege ich hinein; ich gewinne... einen Meter ... zwei Meter ... Er ist nur noch drei Schritte vor mir. Am Ende des Flurs ist eine Tür... Er macht nicht langsamer... Er stürmt drauf los ... Peng! Er prallt dagegen ... Sie ist abgeschlossen, aber das ist einerlei, sie geht trotzdem auf... Ich lande auf ihm ... Im Freien! Mein Gott, wir sind draußen! Darauf verliere ich wieder vier Meter und Mike überholt mich... Wir folgen einem kleinen Sandpfad. Dieser gemeine Leuteschinder und Krankenpfleger hat Tennisschuhe an, und wir, wir scheuern uns die Füße wund ... aber macht nichts... wir werden ihn kriegen...

Er stürzt den Abhang hinunter quer durch die Büsche mit den roten Blüten und die Vegetationsbüschel... Eine frische Brise schlägt uns ins Gesicht, und das Geräusch des Ozeans ist ganz in der Nähe ... Dieser verdammte Kerl kennt alle Kniffe und Tricks; für mich ist es Ehrensache, Mike einzuholen, dessen Rücken ich leidenschaftlich anstarre... Er hat schöne Muskeln, dieses Schwein ... Der andere vor uns macht Heuschreckensprünge und bei jedem Abhang breitet er die Größe seines Pflegerkittels aus, um Segelflug zu ma-

chen... Der Abhang ist verdammt steil, und er flitzt wie ein Wurfspieß; nie hätte ich geglaubt, daß ein so kleiner Mann so schnell laufen kann; allerdings hat er auch nicht vierundzwanzig Stunden hintereinander gehurt; aber bei Vater Schutz kann man das eigentlich nicht wissen...
Endlich stolpert er und wälzt sich am Boden... aber deshalb macht er nicht halt... Wir sind fast am Ufer der Küste... Eine kleine Klippe von sechs Metern Höhe... Es gelingt ihm, sich wieder aufzurichten und er macht einen Kopfsprung...
Verflucht. Er hat uns abgehängt... Ich kann jetzt nicht tauchen, ich hätte nicht mehr genügend Kraft, um wieder hochzukommen; es ist bestimmt zu angenehm im Wasser.
Zu unserer Rechten erstreckt sich eine kleine, bezaubernde Sandbucht, die von grünen Pflanzen und roten Felsen eingesäumt ist ... Ein Schiff liegt vor Anker und schaukelt hin und her... Eine kleine Motoryacht von etwa dreißig Metern... Ein richtiges Milliardärsschiff...
»Ist dort ein Pfad?« fragt Mike.
»Ja«, sage ich, denn ich habe ihn gerade entdeckt.
»Lassen wir ihn laufen?«
Der Krankenpfleger plätschert fünfzig Meter von uns entfernt; wir gehen nach rechts zurück und nähern uns der Bucht ... Über einen sehr sanft abfallenden Hang, der gut befestigt und von Blumen gesäumt ist, gelangt man hin. Dr. Schutz hat sein Landhaus wirklich gut hergerichtet.
Hinter uns ertönen eilige Schritte. Wir drehen uns um. Es ist Schutz.
»Na?« sagt er zu uns. »Haben Sie eine gute Nacht verbracht?«
Wir sind völlig verdutzt. Er hat ein leichtes Toiletten-Necessaire aus Krokodilleder in der Hand. Er ist frisch, gesund und jünger denn je.
»Verreisen Sie?« fragt Mike.
»Ja«, sagt Schutz, »es ist genau das Datum, an dem ich jedes Jahr Ferien mache. Sie entschuldigen mich bitte...«
»Aber... Ihre Experimente?« sagt Mike.

»Ich nehme alles mit, was ich brauche«, antwortet Schutz. »Sie können beruhigt sein ...«

»Ihre Patienten?« frage ich.

»Sie bleiben hier«, sagt Schutz ... »Sie sind daran gewöhnt und kommen gut allein zurecht... Ich habe sehr fähige Leute in der Serie W.«

»Sind Pottar und Kaplan auch aus der Serie W?« fragt Mike.

»Das ist wohl eine Frage, die Ihnen sehr am Herzen liegt«, sagt Schutz. »Aber wissen Sie, außer Pottar und Kaplan gibt es da auch noch Count Gilbert und Lewison ... und einige andere ...«

»Aber dann ...«, sagt Mike ...

»Dann wird Ihr Torpedoboot, verstehen Sie«, sagt Schutz, »genau das tun, was Count ihm zu tun befiehlt ... Man ist nicht Großadmiral der Kriegsflotte für nichts und wieder nichts, wenn ich mich einmal dieser etwas vulgären Ausdrucksweise bedienen darf, die Ihnen, wie mir scheint, ganz besonders gut zu gefallen scheint ...«

»Und Lewison ... Das ist doch der Sekretär von Truwoman«, sage ich ...

»Ja«, ergänzt Schutz... Unser lieber Präsident... Wissen Sie... ganz allmählich schaffen wir es... Für diesmal lassen wir die Dinge erst mal wieder zur Ruhe kommen, aber in fünf Jahren wird es keine Fiesen mehr geben ...«

»Alle Achtung«, sagt Mike ... »Sie sind schon ein merkwürdiger Kauz ...«

»Aber nein«, sagt Schutz ... »Ich liebe eben schöne junge Männer und schöne Mädchen. Sie sind beide sympathisch ... Sie werden mit mir ins Weiße Haus kommen und dort für mich arbeiten. Aber ich muß Sie verlassen, es ist Zeit ... Auf Wiedersehen, Rocky ... Auf Wiedersehen, Bokanski ...«

»Mann«, sagt Mike ... »Mir bleibt glatt die Spucke weg ...«

»Andy Sigman wird befördert werden«, sagt Schutz ... »Machen Sie sich nur keine Sorgen ...«

»Wegen der Handgranaten…«, sagt Mike… »Es tut mir leid… Es war eher um Krach zu machen als wegen sonst was.«
»Das ist doch eine Bagatelle«, sagt Schutz… »Ich bitte Sie… Vergessen Sie das einfach … Auf Wiedersehen, Jungens…«
Er drückt uns die Hand und entfernt sich mit lässigem Schritt … Wir schauen ihm nach, wie er davongeht. Seine lange, elegante Gestalt schreitet über den Boden der kleinen Bucht. Er geht an Bord eines Schnellbootes, das gerade von der Yacht abgelegt hat… Er winkt uns zu… dann fährt das Schnellboot um die Breitseite der Yacht herum, wodurch es unserem Blick entzogen wird. Fast zur gleichen Zeit setzt sich das kleine Schiff in Bewegung und hinter ihm erscheint eine schäumende Gischtspur. Es dreht sich langsam, um dem Ozean seinen Bug zu zeigen, und rauscht dann ab… bald hat es sein volles Tempo erreicht…
Auf der Brücke grüßt uns ein großer Kerl in Weiß mit der Hand … und wir tun das gleiche.
Mike legt mir seine Pfote auf die Schulter.
»Rock«, sagt er zu mir, »ich weiß überhaupt nicht mehr, was ich machen soll.«
»Wir können dem Krankenpfleger ja Kieselsteine an die Birne werfen«, sage ich.
»Oh«, sagt Mike, »bei fünfmal werde ich viermal daneben treffen. Lassen wir ihn dort unten sich im Wasser tummeln, wo er von den Haien, den Biskofeln und den Seeungeheuern des Pazifiks gefressen wird.«
Melancholisch gehen wir den befestigten Pfad hinauf.
»Was wird Andy sagen?« murmle ich.
»Was wird er schon sagen können?« antwortet Mike im gleichen Ton.
»Und die Jungs vom Torpedoboot?«
»Wenn Schutz die Wahrheit sagt und Count Gilbert, der Großadmiral der Kriegsflotte der Vereinigten Staaten, einer seiner Männer ist, werden sie in jedem Fall genau das tun, was Schutz will.«

»Wir müssen das alles Andy erzählen«, sage ich.
»Und wieder eine Hose überziehen«, sagt Mike. »Ich bin es allmählich leid, den Anhänger der Freikörperkultur zu spielen. Es ist ziemlich lästig beim Laufen …«
»Und doch«, schließe ich mit einem Seufzer, »können wir noch von Glück sagen, daß wir nicht gezwungen waren, auf die Bäume zu klettern.«

Sigman faßt einen Entschluß

Wir sind wieder in Gesellschaft Sigmans und der Jungens von der Mannschaft. Mike schließt den Bericht über unsere Abenteuer ab, und Aubert George stößt mich mit dem Ellbogen an, wobei er mich neidisch ansieht.
»Sie waren rothaarig, sagen Sie?«
»Rot wie Feuer, Aubert.«
»Mann«, sagt er. »Wenn meine Frau keine Ungarin wäre und wenn sie nicht so furchtbar eifersüchtig wäre, würde ich schon mal gern ein paar Weiber vom alten Schutz vernaschen …«
»Schämen Sie sich nicht?« sagt Jameson. »Ein verheirateter Mann.«
»Eben«, antwortet Aubert. »Ein verheirateter Mann übernimmt Verantwortung, da ist es doch nicht mehr als gerecht, wenn er zum Ausgleich dafür ein paar zusätzliche Vorteile hat. Was denn noch.«
»Es ist zum Kotzen«, sagt Jameson. »Ich mag nur Männer.«
»Na, das können Sie vergessen«, sagt Aubert. »Lieber krepiere ich.«
»Sie sind überhaupt nicht mein Typ«, sagt Jameson. »Mister Bailey würde mir besser gefallen.«

»Ohne weiteres...«, sage ich, immer noch leise, um Andy und Mike nicht zu stören.
Diese beiden haben ihr Minikonzil gerade beendet.
»Gut«, sagt Andy. »Im Grunde läuft alles bestens.«
»Alles läuft bestens«, sagt Mike. »Wie wärs, wenn wir jetzt mal was Anständiges essen würden? Ihre Schokolade und Ihre Biskuits, das ist zwar sehr nett, aber ein Dutzend Hamburger mit Käse und Eiern wäre mir lieber.«
»Genug, Mike«, sage ich. »Reden Sie nicht von unerreichbaren Dingen ... Ich würde meine eigene Mutter zwischen zwei Scheiben Brot fressen ...«
»Sagen Sie mal«, sagt Aubert ... »Wenn Ihre Mutter Ihnen gleicht, können Sie sie mir dann nicht mal vorstellen?«
Dieser verfluchte Aubert hält es nicht mehr aus.
»Chef«, schlägt er Andy vor, »ich möchte gern, daß wir der Bruchbude von Papa Schutz einen Besuch abstatten, bevor uns diese Schweinehunde von der Marine die hübschen Puppen vor der Nase wegschnappen.«
»Kinder«, sagt Sigman, »ich weiß überhaupt nicht, was ich tun soll ... Wir müssen wieder hinauf ins Lager, um den beiden, die dort geblieben sind, Bescheid zu sagen, und dann denke ich, daß wir nur noch auf die Ankunft des Torpedobootes zu warten brauchen ... Was ist los?«
Ein Kerl taucht gerade auf dem Weg auf ... Wir sitzen alle im Kreis herum im Gras ... Das Wetter ist schön, es weht eine sanfte Brise, die Blumen und die Wiesen riechen gut.
»Mister Sigman?« fragt der Eindringling.
Er sieht nicht gefährlich aus. Jameson und Aubert stehen gleichzeitig auf und rahmen ihn ein.
»Das bin ich ...«, sagt Andy.
»Dr. Schutz beauftragt mich, Sie wissen zu lassen, daß er für Ihre Mannschaft acht Zimmer bereit hält, die Ihnen so lange Sie wollen zur Verfügung stehen ... Es wird gleich ein Wagen vorbeikommen, um Sie und Ihre Freunde abzuholen ...«

Sigman wird etwas rot, dann macht er gute Miene zum bösen Spiel und steht auf.
»Gut«, sagt er. »Gehen wir, Kinder ...«
»Der Wagen kommt«, sagt der Mann ... »Lassen Sie Ihr Gepäck nur da.«
»In Ordnung«, sagt Sigman. »wir folgen Ihnen ...«
Wir legen wieder den Weg zurück, den Mike und ich schon gegangen waren. Die Schönheitsfehler sind verschwunden ... eine liebenswürdige Aufmerksamkeit des Doktors ... ein seltsamer Mensch ... Aubert hält es nicht mehr aus ...
»Sagen Sie mal, Mister Bailey ... Glauben Sie, daß mich die Rothaarigen nicht allzu armselig finden werden?«
»Aber nein, Aubert ...«
Ich habe nicht die geringste Ahnung, ob er ihnen gefallen wird ... obgleich ich es glaube ... Aber der Gedanke an eine gute Mahlzeit und an ein Bett ist mir angenehmer, als alle Weibergeschichten. Damit bin ich für einige Tage vollauf bedient ...
Mike kommt zu mir.
»Jetzt werden wir ja sehen«, sagt er.
»Was werden wir sehen?«
»Wie das mit den Matrosen vom Torpedoboot ausgeht ...«
»Es sind schöne Männer unter den Matrosen«, sage ich.
»Ja«, sagt er, »aber es sind auch ganz magere und ganz fiese darunter ...«
»Ich bin mir dessen, was ich sage, ganz sicher, Mike. Je häßlicher die sind, um so mehr mögen das die Weiber. Warten Sie mal ab, wie es bei Aubert sein wird, der zwar nicht übel ist, aber nur fünfundvierzig Kilo wiegt und eher nach einem Floh aussieht. Sie werden ihn lebendig verschlingen. Das ist sicher, alter Junge. Die werden sich um die Fiesen raufen, lassen Sie sich das von mir gesagt sein.«
Wir kommen vor der Villa an, und in diesem Augenblick ertönt die Sirene eines Schiffes. Andy springt in die Luft.
»Das Torpedoboot!« sagt er. »Kinder, wir müssen eiligst un-

sere Wahl treffen. Die ganze Sache hat sich im Grunde schon erledigt, wir können nichts gegen Schutz tun. Aber wir können diesen Lumpen von der Marine zeigen, daß sich die Jungens vom F.B.I. zuerst bedient haben. Los, beeilen Sie sich, Kleiner«, sagt er zu unserem Führer und stößt ihn vor sich her.
Mike und ich schaffen uns in die erste Reihe.
»Wo sind die Küchen?« sage ich zum Führer.
»Dort... Sie müssen ganz ums Haus gehen.«
Ich packe Mike am Arm und wir laufen los. Die andern betreten die Villa im Laufschritt.
»Was wird geschehen?« sage ich zu Mike.
»Wir werden uns erst mal ordentlich vollfressen«, gibt er mir zur Antwort. »Alles andere interessiert mich nicht...«

Die Marine hat die Ehre

Mike und ich befinden uns in einer Riesenküche, die eingerichtet wurde, um für mindestens fünfhundert Kerle das Essen zu kochen. Mike bleibt vor einem Kühlschrank stehen und fällt auf die Knie, um Gott zu danken... Er verliert nicht allzuviel Zeit damit und steht wieder auf, um die emaillierte Tür des Kastens aufzumachen.
Ich fahre mir mit der Zunge über die Lippen, als ich sehe, was drin ist... Wunderbar... Wir werden uns wieder hochpäppeln ... Languste, kalter Fisch, Hühnchen in Gelee, Milch... Juhu! Wir langen zu und fangen an zu kauen.
Eine Viertelstunde vergeht unter den Geräuschen von Kinnladen und zufriedenem Zungenschnalzen. Dann kommt Mike wieder zu Atem.
»Es sieht mir ganz so aus, als verliefe das alles im Sande«, sagt er.

»Das ist doch ein guter Verlauf«, sage ich. »Wenn der Sand schön warm ist…«
»Was wird Sigman tun?«
»Nichts… Wir werden ja sehen…«
»Die Jungens vom Torpedoboot werden wohl nicht mehr lange auf sich warten lassen?…«
»Sie sind bestimmt schon da…«
Unterdessen kommt der weißgekleidete Bursche herein.
»Bokanski«, sagt er zu mir. »Sind Sie das?«
»Das ist er…« (Ich zeige auf Mike.)
»Andy Sigman hat mir gesagt, daß Sie ihn vertreten«, fährt der Mann fort und wendet sich an Mike.
»Steht er nicht zur Verfügung?« fragt dieser.
»Er ist völlig von Sinnen«, versichert der Mann friedlich. »Er hat sich vier Mädchen genommen, für sich allein, und jetzt sind sie alle vier dabei, um Gnade zu flehen. Aber er hat die Tür abgeschlossen.«
Stolz sehe ich Mike an.
»Na?« sage ich. »Das ist ein Chef!…«
»Ich verstehe!« pflichtet der Mann bei. »Aber da ist ein Matrose, der mir eine Botschaft für Sigman gebracht hat. Er wartet auf Antwort. Soll ich sie Ihnen geben?«
»Geben Sie her!« sagt Mike, der die Hand ausstreckt, um das Papier entgegenzunehmen.
Das Papier hat den Briefkopf der Admiralität und trägt die Unterschrift von Count Gilbert.
Befehl für Andy Sigman und seine Männer, sich Doktor Markus Schutz oder seinen Vertretern ganz zur Verfügung zu stellen, und im Falle ihrer Abwesenheit alle notwendigen Maßnahmen zu treffen, um ihm bei seiner Arbeit zu helfen, da diese für die Nationale Verteidigung von größter Wichtigkeit ist. Für diesen Fall wird ihnen jegliche Vollmacht übertragen, wofür der vorliegende Befehl verbindlich ist.
»Genau das, was ich gesagt habe, Mike«, sage ich. »Sobald die Männer von Schutz in der Regierung sind, heißt für sie arbeiten, dem Vaterland dienen… und wenn Pottar und Kaplan

ebenfalls dazugehören, kann man sie nicht mehr als unerfreuliche Erscheinungen ansehen ...«

»Mein Gott!« stöhnt Mike niedergeschlagen ... »Das verspricht uns ja schöne Tage ... Glauben Sie mir ...«

»Los, Mike ... fassen Sie sich ... Sie sind jetzt der Chef.«

Mike richtet sich auf.

»Ist der Matrose da? Er soll hereinkommen«, sagt er zu dem Mann, der die Botschaft überbracht hat.

»O.K.«, sagt dieser, geht hinaus und kommt einen Augenblick später in Gesellschaft des entsetzlichsten kleinen Affen, den ich je in der Uniform der Marine gesehen habe, zurück.

»Sie wissen, daß Sie mir zu gehorchen haben?« sagt Mike.

»Wir wissen Bescheid«, sagt der Mann und grüßt.

»Also«, sagt Mike ... (Er sieht mich an und zögert.) »Also«, fängt er wieder an, »dann lassen Sie die fünfundzwanzig schönsten und die fünfundzwanzig häßlichsten Matrosen, die an Bord sind, kommen. Sie sollen sich im Hof aufstellen und dort auf weitere Befehle warten.«

»Verstanden!« macht der Seemann, der grüßt und sich im Laufschritt entfernt.

»Sie«, sagt Mike zu dem Mann, »Sie lassen die fünfzig schönsten Mädchen von Papa Schutz in den Garten vor der Villa kommen. Im Arbeitsdress.«

»Jawohl, Chef!« sagt der Mann. »Die Serie P?«

»Die Serie P.«

Der Mann entfernt sich, und Mike wischt sich die Stirn ab.

»Na, Rock«, sagt er. »Bald werden wir Gewißheit haben. Ich glaube, daß dieses Experiment Schutz ganz besonders bei seinen Arbeiten helfen wird.«

»Wie lange werden sie brauchen, bis sie da sind?« sage ich. »Ich möchte gern wissen, wie sich die Sache abspielen wird ...«

»Ich habe Schiß«, sagt Mike ... »Ich habe wirklich verdammt Schiß, mein alter Bailey.«

Wir verlassen die Küche und gehen wieder vor das große, niedere Haus. Es herrscht strahlendes Wetter. Die Palmen bewegen sich unmerklich, und die Blumen tun den Augen weh, derart explodieren ihre Farben unter den glühenden Strahlen. Die Mädchen kommen langsam aus dem Haus. Natürlich nackt... in Serien von vier oder fünf völlig identisch... Rothaarige, genau wie die, die wir heute nacht gehabt hatten... Dunkelhaarige... Blonde... Alle haben eine tadellose Figur und sind schön wie die Sünde oder um einen Hollywood-Produzenten zur Verzweiflung zu bringen.
»Stellen Sie sich dort hin«, befiehlt Mike. Er zählt sie.
»Man wird Ihnen Männer zuführen und Sie werden den auswählen, der Ihnen gefällt... kapiert? Auf Befehl gehen Sie auf ihn zu und zeigen auf ihn... Sie werden zahlenmäßig gleich sein mit den Männern.«
Die Matrosen kommen ebenfalls.
»Ausziehen!« befiehlt Mike.
Sie gehorchen, ohne mit der Wimper zu zucken. Tatsache ist, daß man sich so wohler fühlt.
»Hier aufstellen. In einer Reihe. Ist jemand unter Ihnen, der sich einem Experiment der angewandten Physiologie widersetzt, dessen Zweck es ist, der Marine und den Vereinigten Staaten zu nützen?«
»Ich«, sagt ein dicker, pausbäckiger Matrose und tritt einen Schritt vor, »ich bin Kriegsdienstverweigerer.«
»In Ordnung«, sagt Mike. »Ihrer Teilnahme an dem Experiment steht nichts im Wege. Das wurde schon in der Bibel zur Zeit König Salomos so gehalten.«
Alle Frauen sind da. Die Männer ebenfalls. Wirklich, unter der Gruppe der Kümmerlinge findet sich eine Reihe von Fehlgeburten, daß einer texanischen Kuh die Milch im Euter sauer werden kann. Ich nehme an, die nimmt man nur deshalb für die Torpedoboote, weil die Decken niedrig sind und die Rekrutierung schwierig ist.
»Fertig?« fragt Mike die Frauen.

Es ist der entscheidende Augenblick. Sie sehen aus, als seien sie ganz scharf drauf...

»Los!« sagt Mike.

Ein richtiger Ansturm. Und Mike verhüllt sich das Gesicht. Siebenundvierzig Mädchen haben sich auf die Gruppe der Schwächlinge gestürzt und nur drei auf die andern. Alle drei übrigens auf denselben: einen wie Herkules gebauten Kerl, der wie ein Waldteufel mit schwarzen Haaren bedeckt ist und eine große Hakennase und leuchtende Augen hat.

»Aufhören!...«, sagt Mike... »Laßt sie los!... Es ist vorbei... Das genügt...«

Zu spät. Das Handgemenge hat seinen Höhepunkt erreicht. Die vierundzwanzig verschmähten schönen Jünglinge sehen ihre Kameraden angeekelt an und und am liebsten würden sie sich wieder anziehen. Auf der anderen Seite herrscht ein solcher Wirrwarr von Körpern, daß ich, völlig betäubt, den Kopf abwende. Mike schlägt die Augen nieder und wird rot. Man hört nur das Keuchen der Frauen und die Ausrufe der Auserwählten, die um Gnade bitten. Von Zeit zu Zeit trennen sich zwei zusammengekoppelte Körper von der Masse und machen einige Schritte, um sich etwas weiter zu Boden fallen zu lassen... und genau in diesem Augenblick stürzt eine Frau los, um ihre Rivalin vom Körper des Mannes wegzureißen und sich an ihre Stelle zu schieben... Allmählich werden wir kühner und schauen zu... Es gibt wirklich interessante Kombinationen, die auf einen entwickelten Mannschaftsgeist schließen lassen.

»Schutz war falsch beraten«, sagt Mike. »Es tut mir leid für ihn... Er ist ein feiner Kerl... aber er hat sich geirrt... Dafür bekommt er jetzt eine Generation von Ungeheuern...«

»Pah!« sage ich, »ich verlasse mich da ganz auf ihn... Er wird schon eine Möglichkeit finden, etwas daraus zu machen...«

Ein kopflos gewordener Typ löst sich aus der wogenden Gruppe und läuft im Galopp davon, wobei er sich die Hinterbacken hält...

»Da sind welche drunter, die mogeln!« sagt er ... »Verflucht und zugenäht ... Es gibt doch genügend Frauen hier ...«
»Na, sehen Sie jetzt«, sagt Mike zu mir ... »Das ist der Bankrott des Systems ...«
Ich protestiere.
»Es ist nur ein Irrtum, Mike ... In dem Haufen können sie gar nicht sehen, was sie tun ...«
Die verschmähten Matrosen haben eine Kreis gebildet und einer von ihnen macht Fotos mit einem kleinen Fotoapparat. Die andern sehen verärgert aus. Einige werden wieder kühner und gehen an die Gruppe heran. Den drei ersten gelingt es, sich einzugliedern und sie bringen es sogar fertig, einige Benzol-Doppelverbindungen herzustellen ... aber der vierte wird erkannt und von zwei zerzausten Furien herausgeworfen, die ihn überdies noch kratzen und verfolgen und ihm Beleidigungen nachrufen ... Sie schimpfen ihn einen Verkorksten und drohen ihm mit den schlimmsten Kastrationen ...
Mike packt mich am Arm.
»Kommen Sie, Rock«, sagt er. »Unser Platz ist nicht hier. Wir müssen erst ein paar Kilo verlieren und ganz weich und ganz häßlich werden ... So wie die Dinge im Augenblick stehen, haben wir überhaupt keine Chancen mehr bei den Frauen.«
Ich folge ihm, und wir entfernen uns genau in dem Augenblick in Richtung Meer, in dem die zwanzig verschmähten Matrosen mit gezogenem Säbel einen Gruppenangriff versuchen. Von diesem Kampf steigt ein solcher Geruch nach Schweiß und heißem Fleisch auf, daß sich mir der Kopf dreht.
Wir gehen schweigend dahin, und Mike schüttelt den Kopf, tief betrübt.
»Das ist doch kein Leben«, sagt er. »Schutz hat recht, nieder mit den Fiesen. Die nehmen sich alles.«
»Ihr Standpunkt ist falsch, Mike«, sage ich. »Sie sind da inmitten von Göttinnen, die jeden Tag mit Kerlen schlafen, die so schön sind wie sie ... Die haben jetzt die Nase voll davon ...«

»Außerdem«, schloß er, »habe ich auch die Nase voll. Sie sind zu vollkommen, diese Weiber …«
»Sie wissen nicht mehr, was Sie wollen, Mike«, sage ich.
Wir nähern uns dem Strand. Ich stoße Mike mit dem Ellbogen an.
»Wer ist das?«
Ein junger Mann mit silbernem Haar, sehr groß, kommt auf uns zu … Er ist in Zivil … Er lächelt, als er uns sieht. Er hält sich sehr gerade … Er ist sehr sympathisch und außerordentlich verführerisch.
»Count Gilbert …«, murmelt Mike. »Na, so was …«
Na ja, es ist ganz eindeutig, daß er aus den Laboratorien von Schutz kommt … ich hatte ihn immer nur auf Fotos gesehen … Aber es macht Eindruck auf mich, daß er sich dafür herbemüht hat … Er ist immerhin ein hohes Tier.
Wir bleiben stehen und grüßen ihn.
»Mister Bailey?« sagt er zu mir. »Ich habe Ihr Foto in den Sportillustrierten gesehen. Und Sie?« fährt er fort, an Mike gewandt.
»Mike Bokanski«, sage ich. »Vertritt Andy Sigman.«
»Erfreut Sie zu sehen …«, sagt er. »Sie sehen verstimmt aus? Ich nehme doch an, daß alles in Ordnung ist? Was haben Sie mit meinen fünfzig Matrosen gemacht?«
»Oh … die haben ihre Beschäftigung …« sagt Mike … »Ich habe ein Experiment gemacht. Ich fürchte, daß Markus Schutz es bedauerlich findet.«
Ich erkläre Count Gilbert, worum es sich handelt, und er lacht aus vollem Hals.
»Kommen Sie mit«, sagt er. »Es wird alles wieder von selbst in Ordnung kommen … Ich gebe Ihnen einen aus … Ich bin privat hier …«
»Ich habe die Nase voll!« sagt Mike.
Er ist stehengeblieben. Sein Zorn bricht auf einen Schlag aus.
»Die Frauen sind Miststücke! Da bringt sich unsereiner um, daß er Muskeln bekommt, um ein hübscher Junge zu sein,

um sauber auszusehen, um nicht aus dem Hals zu riechen, um sich beim Gehen aufrechtzuhalten, um die Nachbarn nicht mit den Füßen zu belästigen, um gesund zu sein und gut gebaut … und was tun sie, sie werfen sich dem erstbesten Schmächtling, den sie finden, an den Hals und vergewaltigen ihn, bevor Sie überhaupt gesehen haben, daß er außerdem auch noch ein Gebiß und durchlöcherte Lungen hat. Es ist zum Kotzen. Das geht zu weit. Das ist ungerecht, das ist unverdient und das ist unannehmbar …«

»Glauben Sie das nicht«, sagt Gilbert.

Wir folgen ihm … Ich fühle mich sehr wohl … Sunday Love muß gerade in meinem Zimmer in Los Angeles wach geworden sein … Sie erwartet mich … Mona und Beryl ebenfalls … Das Leben ist schön …

»Ich bin enttäuscht …«, sagt Mike. »Diese Weiber widern mich an … Ich werde mir einen dicken Affen mit viel Wildgeruch suchen.«

Wir kommen am Strand an. Das graue Schnellboot des Torpedoboots erwartet uns.

»Steigen Sie ein«, sagt Gilbert. »Sobald meine Männer zurückgekommen sind, werden wir nach Los Angeles ablegen … Und dort verspreche ich Ihnen Überraschungen.«

Er neigt sich zu Mike herüber.

»Ich will Ihnen keine allzu großen Hoffnungen machen … aber ich habe im Augenblick eine bucklige Sekretärin zur Verfügung …«

Mikes Augen leuchten auf.

»Ist sie richtig häßlich?«

»Sie ist abscheulich!« versichert Gilbert mit einem breiten Lächeln. »Und außerdem hat sie noch ein Holzbein! …«

Werke von Boris Vian
Verzeichnis der Erstausgaben

J'irai cracher sur vos tombes. Roman. Paris, 1946
Vercoquin et le plancton. Roman. Paris, 1946
L'Écume des jours. Roman. Paris, 1947
Les Morts ont tous la même peau. Roman. Suivi de *Les Chiens, le désir et la mort.* Paris, 1947
L'Automne à Pékin. Roman. Paris, 1947
Barnum's Digest. Poèmes. Paris, 1948
Et on tuera tous les affreux. Roman. Paris, 1948
Cantilènes en gelée. Poèmes. Limoges, 1949
Les Fourmis. Nouvelles. Paris, 1949
L'Herbe rouge. Roman. Paris, 1950
L'Équarrissage pour tous. Pièce. Suivi de *Le dernier des métiers.* Paris, 1950
Elles se rendent pas compte. Roman. Paris, 1950
L'Arrache-cœur. Roman. Paris, 1953
En avant la Zizique. Esquisse d'une classification des chansons. Paris, 1958
Fiesta. Opéra en un acte. Livret de Boris Vian; Musique de Darius Milhaud. Paris, 1958
Les Bâtisseurs d'Empire. Pièce. Paris, 1959
Zoneilles (avec Michel Arnaud et Raymond Queneau). Paris, 1961
Je voudrais pas crever. Poèmes. Paris, 1962
Le Goûter des généraux. Pièce. Paris, 1962
Textes et chansons. Paris, 1966
Trouble dans les Andains. Roman. Paris, 1966
Chroniques de Jazz. Paris, 1967
Le Loup-garou. Suivi de douze autres nouvelles. Paris, 1970
Théâtre inédit: Tête de méduse, Série blême, Le Chasseur français. Paris, 1971
Manuel de Saint-Germain-des-Prés. Texte présenté et établi par Noël Arnaud. Iconographie rassemblée par d'Déé. Chêne. Paris 1974
Chroniques du Menteur. Paris, 1974
Le Chevalier de neige. Paris, 1974
Le Dossier de l'affaire »J'irai cracher sur vos tombes«. Paris, 1974
Derrière la zizique. Paris, 1976
Petits Spectacles. Paris, 1977
Cinéma. Science-Fiction. Paris, 1978
Traité de civisme. Paris, 1979
Écrits pornographiques. Paris, 1980
Écrits sur le Jazz. Tome I. Jazz-Hot/Combat. Paris, 1981
Le Ratichon baigneur et autres nouvelles inédites. Paris, 1981
Autres Écrits sur le Jazz. Tome II. Paris, 1982
La Belle Époque (Variétés). Paris, 1982

Opéras. Paris, 1982
Chansons. Paris, 1984
Cents sonnets. Paris, 1984
Rue des ravissantes et dix-huit autres scénarios cinématographiques. Paris, 1989

BORIS VIAN

**Die Ameisen
und andere Erzählungen**

Die provozierendsten Erzählungen, die Vian je geschrieben hat – erstmalig in einer vollständigen Ausgabe.
»Vians Abscheu vor den ›Scheusalen‹ war ebenso glühend wie seine Liebe zu dem, was ihm am Herzen lag.«
Simone de Beauvoir

SALTO. Rotes Leinen, 160 Seiten.

Der Herzausreißer

Der bitterböse Spiegel, den Boris Vian der Gesellschaft der Tiere, Pflanzen und diverser lebloser Gegenstände entgegenhält, zeigt ein geiles Pandämonium, bevölkert von erwachsenen Monstern, liegenden Kindern, Männern, die von Schiffen, Frauen, die von Mauern träumen – und einen eiligen Psychiater.

Wagenbachs Taschenbuch 201, 192 Seiten.

Der Deserteur

Dieser Band sammelt Chansons, Satiren und Erzählungen, mit Bildern aus Vians Leben und einer literarisch-biographischen Einführung.

Wagenbachs Taschenbuch 211, 144 Seiten.

Der Schaum der Tage

Ein Roman, in dem der literarische Witz die Gesellschaft unterhält und untergräbt – der Kultroman über eine seltsame Liebe, voller sprachlicher Erfindungen und phantastischer Gegebenheiten.
»In satirischen Miniaturen und grotesken Fabeln stellt Vian die Welt auf den Kopf. Nichts machte dem spielerischen Talent dieses kühlen Kalkulators seiner Effekte mehr Spaß, als die Denk- und Formuliermaschine, die er im Kopf hatte, mit falschen Daten zu füttern und die Ergebnisse seinen verdutzten Lesern vorzusetzen.«
Rolf Michaelis, DIE ZEIT

Gebunden, 180 Seiten.

Werke in Einzelausgaben:

Das rote Gras

Die Liebe bleibt, auch wenn ringsum alles verdampft. In diesem Roman erforschen die Männer vergeblich sich selbst, und die Frauen stehen und liegen kopfschüttelnd daneben.

Wagenbachs Taschenbuch 233, 136 Seiten.

Ich werde auf eure Gräber spucken

Ein Buchhändler mischt erst eine Kleinstadt auf und macht sich dann an die Mädchen der Oberklasse. Ein vollkommen verrückter Roman aus den alten verfickten Zeiten: Boris Vian in der Verkleidung eines Sex-and-Crime-Schriftstellers!

Wagenbachs Taschenbuch 240, 152 Seiten.

Aufruhr in den Andennen

Viel Aufruhr, wenig Andennen: Ein Abenteuer-Roman voll absurder Figuren, phantastischer Transportmittel und unsicherer Gegenden.

Wagenbachs Taschenbuch 243, 96 Seiten.

Tote haben alle dieselbe Haut

Eine witzige, böse Travestie auf den amerikanischen Krimi und seinen machistischen, großmäuligen, prügelnden, saufenden Weiberhelden – ein Weißer mit rabenschwarzer Seele.

Wagenbachs Taschenbuch 244, 128 Seiten.

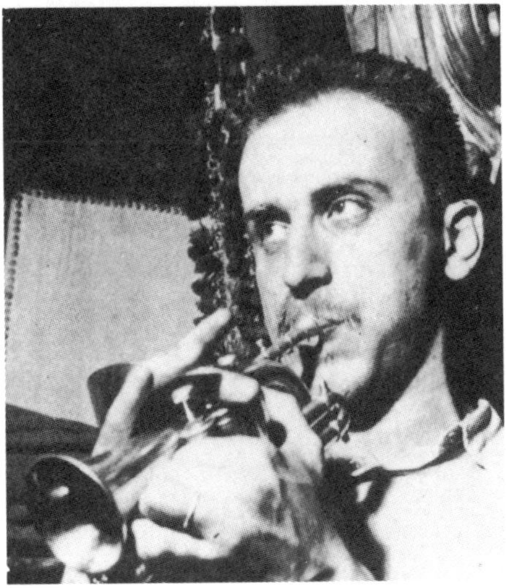

Über Boris Vian:

Klaus Völker

Boris Vian: Der Prinz von Saint-Germain

»Ein berückend schönes und informatives Lese- und Bilderbuch.« Adolf Fink, FAZ

Klaus Völker, der Vian selbst noch erlebte, hat mit dessen Biographie gleich auch die Innenansicht jenes Kulturlaboratoriums geschrieben, das in den Cafés und Jazzkellern von Saint-Germain-des-Prés seine Filialen hatte, und in Boris Vian einen seiner waghalsigen, aber auch menschenfreundlichsten Feuerwerker.

Das Buch sammelt nicht nur zahllose Fotos und Dokumente zum Leben Vians, sondern zeigt auch rare Bilder seiner Freunde und seiner Umgebung.

Allgemeines Programm. Französische Broschur. Großformat, 160 Seiten.

Wir werden alle Fiesen killen
erschien als 3. Band der
Werke in Einzelausgaben

Wagenbachs Taschenbuch 242
Originalausgabe

Umschlaggestaltung Rainer Groothuis unter Verwendung einer Zeichnung von Jens Bonnke. Gesetzt aus der Borgis Quadriga von der Offizin Götz Gorissen, Berlin. Gedruckt auf chlor- und säurefreiem Papier und gebunden durch Wagner, Nördlingen. Printed in Germany.
 ISBN 3 8031 2242 2